내 마음은 누가 간호해 주나요

간호사 비자의 마음 처방전

내 마음은 누가 간호해 주나요

글·그림 최원진

상상출판

프롤로그

사람들이 내가
그린 그림 보고
공감해 주네…

하지만 내 이야기가 아니야… 다른 사람들 이야기지.
나도 비슷한…
이런 일…
사연이래…

내가 느꼈던
감정과 이야기도
많이 들어주실까?
공감을 할까?

마음가는대로
쓰고, 그리면
분명 단 한명이라도
공감할거야.
나의
이야기

별거 아닌 내 생각이지만
누군가에겐 별게 될 거야.

목차

프롤로그 · 6

희[喜]
다만 행복하고 싶을 뿐

혼자가 아닌 당신, 설령 혼자 같을지라도 · 18
삶은 뜻밖의 기회로 가득하다 · 24
나를 위한 노력은 너를 위한 노력 · 28
혼자일 때도 함께일 때도 괜찮은 사람 · 32
가치를 알아주는 곳과 같이 · 35
남들이 뭐라 하든 나의 길을 간다 · 41
잘 살기 위해선 고집이 필요하다 · 46
오늘의 내가 내일의 '나'를 결정한다 · 56
내가 하는 일의 멋짐을 알자 · 64
쓸 때와 쓰지 않을 때를 알아야 한다 · 68

로[怒]

분노는 나의 힘

주기는 싫고 받고만 싶다면 그댄 놀부 · 74

받은 만큼 주기로 했다 · 82

당연한 것은 어디에도 없다 · 87

정당하지 않은 분노에 휘둘리지 말 것 · 93

상처 입히려는 것들에 휘둘리지 말 것 · 99

세상에 맞서려면 공격성이 필요하다 · 103

쓴 것이 몸에는 좋다네 · 107

사과할 줄 알아야 어른이다 · 111

우리는 절대 훼손되지 않는다 · 116

애[哀]

괴로워도 슬퍼도 나는 안 울어

최선을 다해 아프지 않기 · 124

병은 과연 인간에게 평등할까 · 127

제대로 슬퍼하기 위해 사랑하자 · 131

당신은 혼자가 아니다 · 136

책임감 있는 어른이 되려면 노력 · 141

약간의 거리를 두자 · 145

나를 지키기 위한 선택을 할 것 · 150

비가 오나 눈이 오나 나의 일을 하네 · 155

못났다고 생각하는 순간 우린 못나진다 · 158

나에겐 행복할 권리가 있다 · 165

락[樂]

나를 위해 살기로 했다

계속하는 것도 재능이다 · 172

내 삶을 살 때 비로소 완벽해진다 · 177

도전만큼 쉬운 것도 없다 · 180

너무 늦은 때란 없는 법이다 · 184

겪어보지 않으면 모르는 것이 있다 · 193

최선을 다하면 결과는 중요치 않다 · 196

멋진 할머니가 되기로 했다 · 201

내가 변하면 사회가 변한다 · 207

꿈꿀 수 있어 이룰 수 있다 · 210

에필로그 · 219

희[喜]

다만 행복하고 싶을 뿐

혼자가 아닌 당신, 설령 혼자 같을지라도

그럴 때가 있다. 다들 자신의 무리와 영역을 확고히 하고 있는데 나만 동떨어져 나온 것 같을 때. 즉, 낙동강 오리알 신세가 되어버린 듯한 고립감을 느낄 때 말이다. 이런 순간을 누구나 한 번쯤 경험해 봤을 거라고 확신한다. 뭐, 나 또한 그런 순간을 꽤 여러 번 겪었다.

숱한 고립의 순간 속에서도 내 머릿속에 유난히 선명히 각인된 날은 대학교 오리엔테이션이었다. 열아홉 살에서 스무 살이 되었을 뿐인데 내가 속한 세상이 변했고, 나는 그 갑작스러운 변화가 낯설었다. 어렴풋이 성인이 된 나는 다소 가벼운 마음으로, 솔직히 말하자면 아무 생각 없이 오리엔테이션 장소로 향했다. 다들 나와 비슷하겠지, 어색하고 어설프고 짐짓 들뜨기도 하겠지, 그렇게 추측했다. 그러나 놀랍게도 간호학과 동기들은 이미 서로 친해져 있었다. 아니 이게 무슨 일이야? 아직 입학식도 안 했는데 벌써 이렇게 친해졌다고? 후에 알게 된 바로는 간호학과 학생을 위해 만든 홈페이지가 있었고, 거기서 대화를 나누며 동기들끼리 일찍이 연락처를 공유했다고 한다. 그 사실을 알지 못한 채 몸만 덜렁 온 나로서는 어리둥절할 수밖에 없었다.

'나 왕따인 건가?'

아닌 게 아니었다. 웃음소리가 끊이지 않은 무리 사이에서 정말이지 나만 혼자였다. 어색한 낯으로 칭찬을 주고받는 분위기를 파고들 수도 없었다. 잘 알지도 못하는 사람을 어떻게 칭찬한담. 그런 고집을 부리면서도 내심 전화번호 하나 교환 못하고 이 시간을 낭비하게 될지도 모른다는 불안감이 샘솟았다.

그런 나를 다정하고 배려심 있는 선배가 주시하고 있었다. (이렇듯 혼자라고 시무룩해져 있어도 누군가는 당신을 유심히 보고 있다.) 선배는 자신과 같은 지역에 산다는 내 동기들을 소개해 주었다. 그런데도 선뜻 다가서지 못했다. 당시 나는 낯가림이 심했고 자존감은 부족했다. 그래도 불에 덴 듯 얼굴이 붉어진 적은 없었는데, 선배가 "친구야 잘 지내봐" 하며 부추기기까지 하니 나로서는 감당이 안 되었다. (사회에 찌든 지금의 나였으면 그리 어려운 일도 아니었을 것이다. 가식적인 웃음을 지으며 친한 척이라도 했을 텐데 그때는 정말 순수했다.)

다행인 건 그렇게 만난 친구들이 좋은 친구들이었다는 것이다. 빨개진 얼굴로 민망해 한 마디도 제대로 건네지 못했건만 나는 그들의 연락처를 얻을 수 있었고, 집에 돌아와서는 음흉하게도 열심히 카톡을 보냈다. 이렇게 말하니 무슨 첫사랑 이야기 같지만, 동기들과 친구가 되고 싶어서 들이댄 이야기라고 요약할 수 있겠다. 친해진 뒤에 친구들이 회상하기를, 앞에선 눈도 못 마주치던 애가 헤어지자마자 집착 카톡을 해서 놀랐다고 한다.

물론 나는 눈치가 없었다. 착한 친구들이 내 메시지에 답변해 주니 친해졌다고 생각했을 뿐. 그런 집착이 이어져서 지금까지도 그 친구들과 함께하고 있다. 다들 여전히 간호사를 하며 징글징글하게 열심히 살고 있다. 낙동강 오리알 신세가 된 것 같고, 나만 혼자가 된 기분이 들 때가 분명 있겠지만 인연이 닿는다는 것은 놀라울 정도로 우연히 혹은 나처럼 내성적인 집착을 통해 이어지기도 한다. 혹시 낯선 환경에 적응하는 것이 두려워 걱정하고 있다면 그리 고민하지 않아도 된다는 뜻이다.

낯설고도 미숙했던 시절을 이야기하며 이 책의 포문을 연다. 여전히 내가 낯설고 미숙한 사람임을 알려주기 위함이다. 거창하게 성장하거나 대단히 능숙해지지는 않았다. 그래도 지난 시간들을 돌아보니 언제나 방법은 있었다. 살아가며 우리는 크고 작은 사건과 상황들을 마주하게 될 테고, 그 고난과 역경에는 도무지 빠져나갈 틈이 보이지 않는 것 같지만, 빠져나갈 수 없는 어려움이란 없다. 앞으로의 나도, 여러분도 마찬가지다.

#낙동강_오리알_신세_제법_멋져

혼자가 둘이 되는 순간

...
ㅋㅋ진짜?
어!야~안녕!?
너 ○○이 맞지?
어!맞어ㅎㅎ
뭐야... 다들 처음
만난 거 아니었어?
다들 친해졌네…
나한테 말 걸어주실 분~
서울에서
왔어~
기숙사에
살려고
안녕? 학번
끝자리가 나랑 같네?
난 너 뻔선배야~
아...네...
친구들?
아...
쑥쓰
안녕~
인사해~애들 나랑 같은 지역에
사는 너네 동기야ㅎㅎ 친하게 지내봐

아.. 안녕ㅎ...
쑥쓰
?
?
집에 가는 중
좋은 친구들 같은데? ㅎㅎ 카톡 보내야지~
음흠
나중에 학교에서... 방학하면...
잘가~ (집착카톡 중)
I like you...
뭐야.. 집착카톡하네?
뭐야.. 이상해...
카똑 까똑
그 때 집착카톡을 보낸 친구들과 지금까지 쭉 만나고 있다
다들 징그럽게 계속 간호사하네...
징글징글 하다

삶은 뜻밖의 기회로 가득하다

우리는 자주 시험에 든다. 평가의 대상이 되고 순위를 다투게 되고 '잘'과 '못'을 따지는 데에 많은 시간을 쏟는다. 특히나 경쟁이 일상화된 사회에서는 그런 일이 더욱 빈번하게 일어난다. 구체적으로 어떤 시험이냐고? 큰 고민 없이 예시로 떠올릴 수 있는 게 바로 면접이다. 면접은 다수 혹은 한 사람 앞에서 나를 어필하는 자리라고 할 수 있다. 자기 PR 시대라고는 하지만 실제로 자신을 효과적으로 드러내는 사람들은 생각보다 드물다.

간호사 취업을 위해 생애 첫 면접을 앞두고 나는 나름대로 만반의 준비를 했다. 예상 질문지를 작성하고 거울을 보고 웃는 연습을 했다. 면접 시에는 시종일관 미소로 밝은 이미지를 어필해야 한다는 말을 듣고 면접을 보며 계속 웃어댔다. 웃는 게 힘든 일이라는 걸 그때 처음 알았다. 5분도 안 돼서 입꼬리가 덜덜 떨렸으니까. 긴장해서가 아니라 근육이 경직되며 경련이 일어난 것이었다.

여럿이 함께 보는 면접이었고, 나는 두 번째 차례였다. 내 옆에 앉는 첫 번째 면접자가 받는 질문이 무엇일지 촉각을 곤두세우기 바빴다.

"좋아하는 음식이 뭐예요?"

그런데 예상치 못한 일상적 질문이 면접관의 입에서 나왔다. 몹시 뜻밖의 질문이라 맥이 탁 풀릴 정도였다. 좋아하는 음식을 물어본다고? 그럼 좋아하는 음식과 간호사라는 직업을 어떻게든 연관 지어서 답변해야 하나? 도대체 좋아하는 음식과 간호사를 어떻게 연관을 짓겠는가. 그래도 당시에는 심각했다. 여차여차 앞의 면접자가 질문을 넘기고 내 차례가 왔다. 좋아하는 음식을 뭐라고 대답해야 할지 결정하지 못한 상태였다.

"그럼 싫어하는 음식은 뭐예요?"

질문을 던진 후 병원장은 껄껄 웃었다. "전혀 예상 못 했지?"라며 당황한 나를 보며 좋아하는 기색이 역력했다. 겉으로는 나도 따라 웃긴 했지만, 웃으면서도 싫어하는 음식을 뭐라고 해야 하나 머리를 굴리고 있었다. 직관적으로 나는 싫어하는 음식이 많았으니까.

"어……, 저는 싫어하는 음식 먹는 걸 싫어합니다."

이렇게 어처구니없는 답변으로 면접이 끝났다. 신기한 건 그러고 합격을 했다는 것. 누가 알았을까? 그런 허무맹랑한 질문에 허무한 대답을 한 내가 합격될 거라는 걸.

이렇듯 기회라는 것은 아주 우연히, 어처구니없는 상황에서 주어지기도 한다. 긴 시간과 엄청난 공을 들인 일이 좌절로 돌아갈 수도 있고, 예상치 못한 기회가 나에게 올 수도 있다. 요즘 우리가 살아가는 시대는 언제나 평가의 선상에 우리를 올려두고, 많은 사람이 그 과정에서 상처를 입는다. 내가 못한 것 같고, 부족한 것 같고, 발전하지 못할 것 같고. 하지만 아주 우연히, 얼렁뚱땅 기회가 올 수도 있다. 서류 몇 장이나 정곡을 찌르는 척 자존감을 깎아먹는 면접관의 질문에 휘둘릴 필요 없다. 그러니 자신을 비난하지도, 모자란다고 생각하지도 말기를.

#기회란_터무니없이_오는_법

나를 위한 노력은 너를 위한 노력

요즘도 그런 곳이 있나 싶지만, 여전히 직장 내에서 여성을 성희롱하거나 문제적 발언을 일삼는 경우가 많다. 본인의 지위를 이용해서 여성들의 의견을 무시하고, 또 일종의 폭력을 행사하기도 한다. 어릴 적부터 나는 두렵고 잔인한 범죄임에도 가해자는 솜방망이 처벌을 받고, 오히려 그런 가해자를 피해서 피해자가 숨어 사는 사례를 매체를 통해 자주 접했다. 그래서인지 엄마는 나에게 일찌감치 여러 교육을 시켰다. 사회에 나가게 되었을 때 내가 혹시 모를 부당함을 겪게 된다면 잘 대처하기를 바랐기 때문이다.

나는 대부분이 여성으로 구성된 여초 집단에서 일했고 지금도 하고 있다. 직장 내 성희롱이나 성추행 문제에선 확실히 비교적 멀어질 수 있었다. 그렇다고 완전히 자유로워질 수는 없었다. 의사들이나 환자들 등, 추행을 서슴지 않는 이들이 어디에나 꼭 있었다. 폭력이 내재된 사회에서 폭력에서 자유로워지는 건 사실상 불가능하다.

남성 비율이 적은 직장이라는 이유로 여초 업계는 부당한 대우를 받게 될 수도 있다. 여초 직업군이 사회에서 비교적 적은 임금과 인정을 받고 있는 것도 동일한 맥락이다. 여성이 하는 일이 헐값 취급을 받는 은근한 차별적 시선이 들어 있다. 또한 대한민국에선 여전히 간호법 제정에 어려움을 겪고 있으니 근본적으로 변화나 발전을 도모하기도 힘든 상황이다. 간호법을 두고 특혜라고 비난하는 것은 당황스럽기까지 하다. 인간이자 직업인으로서 권리를 요구하는 것은 당연한데, 이를 두고 '특혜'라고 하는 주장은 받아들이기 힘들다. 부당함에서 벗어나는 일이 어떻게 특혜로 와전될 수 있을까?

나는 가끔 '간호사의 시작이 남성이었으면 어땠을까?' 상상한다. 확실한 건 지금보다 훨씬 괜찮은 직장이 되었을 것이다. 주로 여성이 하는 일이라고 해서 여성만 할 필요도 없고, 주로 남성이 하는 일이라고 해서 남성만 할 필요도 없다. 덧붙여 성별에 따라서 대우나 임금이 달라지는 것 또한 사라져야 할 관습이자 악습이라고 생각한다. 우리 모두 한 만큼 받아야 한다. 누군가를 돌보고 간호하는 일이 여성이 하는 일이자 해야 하는 일이라는 편견은 깨져야 한다. 그러한 노동이 저임금으로 산정돼서도 안 된다. 간호사가 여초 직업군이 아니었다면 월급은 올랐을 테고 업무 분담도 정확히 할 수 있었을 것이며 '나이 어린 여자 간호사'라고 우습게 여겨 막 대하는 사람들도 줄어들었을 것이다. 또한 '엄마'처럼 의사를 달래고, 치우지 않고 간 쓰레기들을 치우는 것이 '우리' 몫이 되지도 않았을 것이다. (물론 남성 간호사라도 그들이 겪게 되는 어려움이 있을 것이다. 그래도 직장에서 누군가의 보호자처럼 행동하는 경우는 없지 않을까 싶다.)

우리는 이러한 고루함으로부터 탈피하기 위해 조금씩 목소리를 내고 미약하게라도 변화를 위한 노력을 하고 있다. 눈에 보이지 않을 정도로 미미한 변화지만, 언젠가 우리가 걸어온 길을 뒤돌아 본다면 놀란 만큼의 성과가 있을 거라 믿는다.

무엇보다도 나의 다음 사람들이 내가 겪은 피해와 불평

등을 겪지 않기를 진심으로 바란다. 내가 느낀 불편함이 한 개인의 예민함으로 치부되지 않았으면 한다. 더디더라도 걸음을 뗄 수 있기를 말이다.

그런 노력이 하나씩 쌓이고 쌓여 어느 순간 우리가 그토록 원했던 세상이 오리라 믿는다.

#우리_함께_바꿔보자고

혼자일 때도 함께일 때도 괜찮은 사람

누군가는 사람을 만나는 일, 마주하는 일, 인간관계를 만들고 유지하는 일에 피로를 느낀다. 불필요한 감정 소모를 하고 싶지 않다는 뜻이다. 나와 생각이 맞는 사람하고만 대화하고 그들하고만 만남의 횟수와 깊이를 늘려가고 싶다는 의미기도 하다. 잡다한 과정을 생략한 채. 그래서 온라인을 통해 만난 '랜선 친구'가 확실히 요즘 같은 세상엔 더 친밀한 것 같다. 온라인이나 SNS를 통한 인간관계는 확실히 재밌고 편하며 쉽기까지 하니까. 내뱉은 말을 수정하고 삭제할 수 있고, 사람의 생김새와 옷차림을 파악

할 필요도 없다. 심심할 땐 ON, 바쁠 땐 OFF가 가능한 탈부착식 관계는 또 얼마나 편리한가. 그러다가 서로 안 맞으면 차단 혹은 언팔로우. 맺고 끊기가 쉽다는 것이 역시 가장 큰 매력이다. 현실의 인간관계는 맺는 것이 어려운 만큼 끊어내기는 더 어려워서 이런저런 잡음이 줄줄이 뒤따르는데 온라인에선 그럴 필요가 없다. 그래서 때때로 그 세계에서 사람들이 더 솔직해질 수 있는 게 아닐까 싶다.

점점 모든 것이 인터넷으로 연결된다. COVID-19의 확산으로 화상 회의와 온라인 미팅, 재택근무까지 확산되었다. 한시라도 휴대폰을 손에서 놓지 못하는 사회가 되었다. 그런데도 화면 속 세계는 한계가 있다고 느낀다. 클래식은 영원하다는 말이 있듯이 중요한 일은 역시 얼굴을 보고 처리해야 안심이 된다. 온라인으로 처음 만난 사람들도 오프라인으로 만남을 가지며 조금 더 친밀해진다. 가끔은 그런 생각이 든다. 인간은 참 까탈스러운 존재이구나. 편리가 좋아도 정성의 쓸모를 느끼고, 아무리 혼자 있는 시간을 좋아한다고 해도 영영 혼자'만' 있을 순 없는 것이구나.

어쩔 땐 나도 만남에 대해 회의감을 느낀다. 때론 사람이 지겹기까지 한다. 혼자 있는 시간은 개인에게 중요하고 또 그 시간을 통해 분명 쌓아 올리는 것이 있다. 그러나 관계를 통해서만 얻을 수 있는 것도 분명 있다. 사람을 통해서만 성장 가능한 부분도 있기에 온라인이든 오프라인이든 '만남'을 지속하는 것이 아닐까 싶다.

타인과 함께하려면 심신의 체력은 필수 요소다. 나를 제대로 쌓아올려야 인간관계에서도 지치지 않을 수 있고, 괜찮은 관계를 맺을 수 있다. 좋은 사람들과 함께하기 위해 좋은 사람이 되려는 노력. 그 노력이 내게 알려준 것이 있다. 혼자 있을 수 있어야 함께일 수도 있으며, 함께일 수도 있어야 혼자일 수도 있다.

#오늘은_혼자_내일은_함께

가치를 알아주는 곳과 같이

간호사들의 근무 조건은 수도권에서 멀어질수록 열악해진다. (지방 병원에선 간호사가 없다고 난리인데 이젠 제발 스스로 그 이유에 대한 성찰을 해보았으면 좋겠다.) 안타깝게도 이러한 환경은 간호사뿐만 아니라 모든 직장인에 해당되는 사항이다. 작은 회사일수록, 지방으로 갈수록 사람을 갉아먹는 근무 환경이 심화되는 아이러니한 상황을 목격하게 된다. 안타까운 점은 열악한 상황에 오래 노출되면 마땅히 누려야 하는 권리를 마땅한 것으로 여기지 않게 된다는 것이다. 다른 병원으로 이직을 하려고 해도 거기서 거기라서 간호사들의 선택지는 굉장히 협소해지고, 너무나 당연한 것조차 '괜찮은 조건'이라고 생각해 입사하게 된다. 그러나 그렇지 않다. 자신이 겪었던 전 직장에서의 불합리함, 불편함, 부당함을 기준으로 삼아선 안 된다.

개인 병원의 경우, '입사 5년부터 기본급 인상' 같은 문구가 굉장한 대우인 것처럼 기재하곤 한다. 우스운 점은 실제로 다른 병원에서는 입사 5년 차가 되어도 기본급 인상을 해주지 않는다는 서글픈 현실이다. 사람을 갈아서 쓴다는 말이 나오는 노동 환경 속에서도 최소치의 대우를 받고 있지만, 간호사들은 언제나 자부심을 가지고 최선을 다해서 일한다. 이렇게 붕괴된 체계 속에서 대한민국 의료계는 어떻게 버텨나가고 있는 것일까. 아마도 희생으로 간신히 유지되고 있을 것이다. 물론 이 이야기는 오로지 '간호사'라는 직업만을 대상으로 하고 있지 않다. 역면하는 업계가 참 많다.

업계에 큰 기대가 없는 간호사들이 들어가는 족족 그만둔다면, 그 병원은 심각한 상황이라는 것이다. 인력을 붙잡고 그들과 계속 함께하고 싶으면서도 돈을 쓸 의향이 없다면 최소한 아래의 세 가지 노력이라도 해보기를 바란다.

1. 간호사 건의함 설치

누가 그런 걸 쓰나 싶겠지만 요즘 간호사들은 사정없이 써버린다. 그 건의를 읽고 상처받지 말도록. 간호사들의 의견을 듣고 개선하면 불만을 조금 잠재울 수 있다.

2. 업무 분담

부서와 직원별로 업무 분담을 확실히 하자. 깍쟁이처럼 칼같이 맡아야 할 업무를 정확히 하면 좋다.

3. 자기 반성

만약 병원에서 할 수 있는 모든 것을 했지만 간호사들이 계속 나간다면……. 그건 사람의 문제다. 병원 높으신 분들은 자신을 돌아보자.

간호사들을 달래기는 그리 어렵지 않다. 착하고 순하디 순한 간호사들을 계속 다니게 하는 방법 또한 별거 없다. 하루아침에 근무 환경이 개선되는 것이 불가능하다는 것도 알고 있다. 그렇다면 적어도 그들이 존중받는 느낌이라도 들게 해줘야 하는 것이 아닐까. 가치를 알아주는 곳에서 가치 있고 싶은 마음이 누구에게나 있다. 가는 말이 고

와야 오는 말이 곱다는 속담도 있지 않은가.

덧붙여 수많은 현대인들이여. 가치를 깎아내리고 후려치는 곳이라면 가치를 찾기 힘들다. 남이 당신을 후려친다면 당신은 그들을 날려버리기를.

#가는_말이_꼬우면_오는_말도_꼽다

뭐? 누가 그런
결정을 한 거야?
병원장?
왜 점점 후퇴
되는 거지?

충격이다!
수능 고득점자들의
경영 능력이!
이렇게 경악스럽게
못 하다니!

남들이 뭐라 하든 나의 길을 간다

나는 한동안 간호사 내의 태움 문화에 대한 이야기를 인스타그램에 자주 업로드했다. 분명 자극적인 이야기였고 누군가는 불편해할 이야기였다. 그랬기에 반응도 뜨거웠다. 많은 사람들이 내가 올린 이야기를 보고 공감했으며 긍정적인 응원을 보냈다. 모두가 그런 건 아니었지만.

왜 이런 간호사 그림을 그려요?
오죽했으면 저렇게까지 (태움을) 했겠어요?
다 지난 이야기죠.

난 저런 일 듣도 보도 못함.

맥빠지는 댓글들이었다. 무조건 나를 응원할 필요는 없고, 당연히 비판할 수도 있다. 하지만 이건 그런 종류의 것이 아니었다. 철저히 가해 옹호였다. 내가 그린 그림의 주제인 '태움'에 관해서 그런 댓글이 달리는 것을 보고 갑갑함이 밀려들었다. 실제로 누군가 겪고 있고 피해를 보고 있는데 왜 그렇게 당당할까 싶기도 했다. 설령 본인이 태움과 아무런 관련이 없다고 해도, 내가 겪지 않았다고 다른 사람들도 겪지 않았을 거라는 생각은 오만이지 않을까. 실제로 일어나는 일, 현상에 대한 문제의식 없이 안일한 댓글들은 나를 분노하게 했다. 그들은 그냥 짧게 댓글 하나 남기면 그만이지만 내 속은 오래오래 타들어가는 기분, 무언가 우르르 무너지는 것 같은 감각을 느꼈다. 아무것도 모르는 사람들이, 혹은 알면서도 모르는 척하는 사람들이 쉽게 공론화의 노력을 비판하고 또 없었던 일인 척하며 피해자를 탓했다.

나조차 분통이 터지는데 연예인이나 유명인들은 뭇매를 맞으면서도 어떻게 버티는 걸까? 새삼 대단하게 느껴졌다. 답답하고 억울한 상황이 정말 많을 텐데 그 감정들을 묵묵히 안으로만 쌓아두는 것이니까. 솔직히 SNS나 댓글 문화가 발달하면서 쉽게 자신의 의견을 말할 수 있게 되었고, 그로 인한 장점도 많다. 소통이 간편해졌고 다양한 삶과 이야기를 접할 수 있게 되었다. 하지만 부작용도 존재한다. 때론 누군가 상처받고 악영향을 받을 댓글을 쓰고도 자신이 쓴 댓글이 악플은 아닐 거라고 확신한다. 장난으로, 그냥 별 뜻 없이 자신의 의견을 말한 것뿐이라고 그렇게 변명한다. 하지만 익명성 뒤에 숨어서 면전에선 하지 못할 말을 하는 게 과연 정당할까? 역시 나는 잘 모르겠다.

물론 근거 없는 비난과 유의미한 비판은 다르다. 나아가거나 다른 관점을 알 수 있는 의견이라면 뜻깊게 받아들인다.

한동안 내 그림 속 간호사는 머리망을 하고 있었다. 이에 대해 비판하는 의견들도 있었다. 요즘에는 간호사들의 머리망을 없애는 추세인데 시대에 뒤떨어진다는 것이다. 머리망 유무에 대해 고민하지 않았던 것은 아니었다. 그런데도 머리망을 고집해 캐릭터를 그린 까닭은 서울권 병원을 제외한 지방이나 작은 병원에서는 대부분 머리망이 유지되고 있으며, 머리망을 없애야 한다는 생각조차 하지 못해서였다. 무엇보다 사람들이 간호사라는 직업을 떠올릴 때 머리망을 한 모습으로 인식하는 경향이 있기 때문에 익숙한 이미지로 접근하고자 했다. 이야기를 널리 알리는 것이 당시 나에겐 더 중요했다.

그래도 이것이 누군가에겐 불편할 수 있음을 인지하고 있었다. 머리망을 없애야 하는 이유와 왜 점점 사라지는 추세인지에 대한 설명이 필요하다는 의견도 있었다. '간호사 비자' 계정을 팔로우한 사람이 10만 명이 되자마자, 캐릭터의 헤어 스타일을 바꾸었다. 직업인이 아닌 이상 대부분 그러한 변화를 알아차리지도 못했지만. 사람은 어쩔 수 없이 겪은 만큼을 보게 된다. '헤어망'이라는 주제는 간호사들에게는 중요한 이슈였지만 간호사가 아닌 이들에게는 인지하기도 힘든 부분이었다. 어쩌면 나도 다른 상황에 놓인 다양한 사람들의 중요한 이슈들을 그렇게 지나쳤을지도 모른다.

나에게 인상적인 일이었다고 해도, 깊이 고민하게 만든 부분이라고 해도 타인에겐 사소할 수 있구나. 허탈하기도 했다. 그렇다고 해도 때론 고치고 언급해야 한다. 귀담아들을 말과 듣지 않을 말을 구분하고 어떤 방향으로 나아가면 좋을지를 모색해야 더 나은 것을 만들 수 있을 거라고 확신한다.

휘둘리지 말자. 나의 속도로 나아가자. 타인의 말이 나의 삶을 뒤흔들 순 없다는 것을 거듭 인식하자. 어떤 결과가 나에게 닥치든 내가 선택한 길에 대한 결론이라면 충분히 감당할 수 있다. 그저 부끄럽지 않게 나의 길을 가면 그걸로 충분하다. 내가 할 수 있는 이야기를 할 것이다.

#나는_나의_길을_간다

잘 살기 위해선 고집이 필요하다

고집.

사람들은 고집이라는 단어에 부정적인 감정을 품는다. 그러나 나는 고집이 삶의 태도를 결정하는 중요한 요인이라고 믿는다. 고집 없이는 이리저리 휘둘리게 되니까. 고집, 나의 중심. 나는 고집이란 유전을 물려받았다.

아빠는 고집이 셌다. 하고 싶은 일이 있으면 반드시 해야만 했다. 아빠의 고집에 관한 사례를 줄 세우기 시작하면 밤을 새워도 모자를 정도다.

[불교]

아직 내가 아이였을 때 아빠는 갑작스레 불교에 사로잡혔다. 그래봐야 얼마나 꽂혔겠냐고? 그냥 절만 다닌 수준이 아니었다. 영어로 된 논문까지 직접 쓸 정도로 불교에 깊이 빠졌다. (이렇게 말하면 아빠가 영어에 능통한 사람처럼 보일 수 있겠지만 절대 그렇지 않다.) 지금까지 한글로 번역한 인쇄물을 책으로 만들어 먼지 속에 고이 보관하고 있을 정도다.

[롱 코트]

평소 아빠는 옷에 관심이 없는 편이다. 그러나 가끔 엄마와 쇼핑을 하러 갔다가 어떤 옷에 꽂히면 기필코, 반드시 그 옷을 사고 만다. (아마 TV에서 연예인이 입은 옷을 보고 멋지다고 마음에 담아두었던 것 같다.) 쇼핑을 하러 갔던 어느 날에 아빠는 검정 롱 코트를 꼭 사겠다며 고집을 부렸다. 엄마는 아빠의 고집을 극구 만류했다.

"이런 코트는 비율 좋고 키 큰 사람이 어울려!"

합리적이고 이성적인 엄마의 판단이었다. 하지만 역시 아빠는 그 말을 자연스레 못 들은 체하고 기어이 롱 코트를 구매했다. 물론 그 후에 역시 입지 않게 되었지만. 아빠가 입지 않아 방치된 롱 코트는 자연스레 동생의 옷이 되었다. 동생 좋은 일만 시킨 못 말리는 고집쟁이다.

그러나 앞서 말했듯 고집이 나쁜 것만은 아니다. 아빠의 고집은 아빠의 삶을 더 풍요롭고 다채롭게 만들었다. 고집스레 일과 씨름하며 단 한 번도 쉬지 않고 열정적으로 한 직장에서 30년을 근무했다. 일이 이기나 내가 이기나 보자는 심산으로 될 때까지 했다. 업무에 필요한 부분이라면 공부를 게을리하지 않았고, 자신만의 노하우를 담은 두꺼운 노트를 만들어 기록했다. 안 되는 일이 있다면 될 때까지 하기를 반복했다. 그것이 아빠에겐 고집이었다.

어릴 적엔 나도 고집이 나쁜 것이라고만 생각했다. 왜 저렇게 되지도 않는 억지를 부릴까. 나는 왜 쓸데없는 걸로 또 고집을 부렸을까. 이런 식으로 혀를 찬 척도, 자려다 말고 이불을 차며 후회한 적도 많았다. 그러다 시간이 나에게도 하나씩 쌓이며 고집 없이는 나답게 사는 것이 불가능하다는 것을 알게 되었다. 세상은 우리에게 도전하라고 말하면서도 정작 도전하는 사람들에게는 부정적인 시선을 보냈다. 헛물켜지 마라, 이제 와 무슨 소리냐, 그냥 직장이

나 다니며 안정적으로 살아라. 그로 인해 도전하려다가도 미리 겁먹어 불안해하고 위축되었다. 20대는 20대라 늦었다고, 30대는 30대라 늦었다고, 40대는 지금 시작해서 뭘 하겠냐고 세상이 우리를 가로막았다. 하지만 너무 늦은 때란 없는 것이다. 때론 고집스레 용기를 내도 괜찮다.

엄마는 미술과 무관한 삶을 살았지만, 40대에 미술 관련 대학원에 입학했다. 지방인 집에서 KTX를 타고 대학원을 오가며 과제를 하고 즐겁게 학교생활을 하다가 무사히 졸업했다. 대학원을 다니는 동안 다수의 대회에도 꾸준히 나갔고, 지금은 강사를 하며 학원 운영을 하고 있다. 소위 말하는 '돈 안 되는' 그림을 계속 그리며 자신에게 투자를 한 덕분이다. 고집스레 포기하지 않았기에, 아빠가 퇴직을 하던 시기에 엄마의 커리어가 시작될 수 있었다.

엄마의 하루는 나보다 숨 가쁘고 열정적이다. 강사로 일하기 시작하며 수업 준비를 꼼꼼하게 하느라 쉴 새 없었다. 본인보다 나이가 많은 장년층 학생들에게 다양한 그림을 그려주기 위해 연습도 게을리하지 않았다. 여러 구성안을 생각하고 또 고민해 준비했다. 엄마의 첫 출근 다짐은 이것이었다고 한다.

'잘리면 잘리는 거지.'

나는 사람들이 제 삶에 고집을 부리기까지 얼마나 힘들게 방황하는지를 안다. 얼마나 두렵고 무섭고 실패할 것 같은 불안감을 느끼는지도 안다. 도전하지 않으면 실패도 없는 거라고 생각해 포기하고 안심할 수도 있다. 그러나 도전해야 성공할 수도 있다. 하지 않으면 말 그대로 아무 일도 일어나지 않으니까.

새로운 것을 시도하지 않았다면 다양한 사람과 소통하고 만나볼 기회를 얻지 못했을 것이다. 내가 이렇게 책을 쓰게 될 일도 없었을 것이다. SNS에 연재하던 간호사 만화를 엮어서 처음 책으로 냈던 그때, 당시에는 그저 출간에만 급급했다. 내 만화의 퀄리티나 내용에 대해서는 고민하지 않았다. 그저 적당히 빨리 끝냈다. '책을 낸다'라는 사실 자체만으로 충분히 신기했으니까. 나는 내 책이라는 결과물을 하루빨리 보고 싶었을 뿐, 내 책을 누군가 돈을 지불해 산다는 생각에는 닿지 못했다.

즉, 내 그림과 만화가 값어치를 할 것인가에 대한 심사숙고를 하지 않은 채 첫 책을 냈다. 출간 후 오래 지나지 않아 후회가 밀려들었다. 그림에 대한 아쉬움이 계속 남았다. 내 첫 책을 사준 독자들에게 미안한 감정이 생겼다. 그렇게 시간이 얼마나 흘렀을까. 카카오톡 이모티콘으로 내 그림이 승인되는 행운이 찾아왔다. 책을 출간하며 겪은 후회들과 다짐이 무색하게, 그때도 역시 이모티콘을 빨리 출시하는 것에 급급해서 후다닥 그림을 그려서 제출했다. 그래서인지 이모티콘에는 책보다 더 큰 아쉬움과 후회가 남았다. 책은 다시 출간할 수도 있었지만, 이모티콘은 수정은커녕 다음에 또 출시할 수 있을지도 미지수였다.

두고두고 후회하는, 실패라고 규정하면 실패일 수도 있는 결과물을 대중에게 선보이는 민망함을 겪고도 나는 고집스레 그림을 그리고 있고, 다음 책을 출간했다. 차기 이모티콘은 출시를 위해 계속해서 도전 중이다. 끈기라고도 할 수 있는 고집으로. 물론 내 고집에 목표가 명확히 있었던 것은 아니었다. 그저 아쉬움이 남아서, 후회가 남아서, 조금 더 잘하기 위해서, 조금 더 만회하기 위해서. 그렇게 계속하다가 어떤 결실을 볼 수 있었던 것이다.

결실이 크든 작든 당신은 결실을 보게 될 것이다. 그러니 본인이 걸어갈 길에 의문이 들어도 된다. 혹시 누군가 어떤 부정적인 말로 당신을 뒤흔들더라도 당신은 괜찮다는 사실만 알면 된다. 될 때까지 계속하면 언젠가 본인이 이룬 무언가를 꼭 손에 쥐고 있을 테니. 마음먹었을 때, 그때가 바로 무언가를 이루기 가장 좋은 때다.

#가끔은_똥고집도_부리며_살자고

저마다의 고집으로

아부지는 베이스 맹연습 중
둥둥둥둥
어무니는 그림 그리는 중
딸내미도 그림 그리기
piriboo is a man
내 동생은 연주 중
필릴리
우리 가족은 예술가 가족!!

동생 괴롭히기

어릴 때 악기를 배웠다.
난 피아노, 동생은 플룻
피애노~
피리부는 맨
=Piriboo
is a man
동생이 플룻 연습을 하고 있으면…
필릴리—
먹이를
포착한
small 나
!?
웃어랏!
인중늘리기~
픕—
누나, 웃긴 표정 짓지 마!
플룻 못 불잖아.
정색
—쩝
알았어~~

다음날
쓰윽-
불안…
누나!!
그만해!!
캭!!
후다닥

오늘의 내가 내일의 '나'를 결정한다

간호사를 하면서 그림을 그리고, 책을 출간하기도 하는 나를 보고 사람들은 열심히 산다고들 한다. 하지만 나를 조금만 잘 아는 사람들이라면 현재 내가 꽤나 상기된 상태임을 어렵지 않게 알아차린다.

쉬지 않고 무언가를 해야 하는 성격은 100% 부모님께 물려받은 것이다. (혹은 보고 자란 것이다.) 두 분 다 한시도 쉬지 않고 무언가를 해야 하는 성격이며, 자신이 하고픈 일이나 해야 하는 일이 생기면 시간을 쪼개서라도 틈틈이 하는 편이다. 특히 두 분 중에서도 아빠의 부지런함은, 부지런함으로 둘째가라면 서러운 엄마도 혀를 내두를 정도다.

아빠는 젊어서부터 무엇이든 열정을 가지고 최선을 다했다. 일이 좋아서 회사를 다닌 신기한 사람이기도 하다. 은퇴 전까지는 그렇게 일을 열성적으로 하더니, 은퇴를 한 후에는 숨 돌릴 틈도 없이 친구들과 밴드를 결성했다. 아이고 좀 쉬엄쉬엄하시라니까.

엄마도 앞서 말했듯이 둘째가라면 서러운 부지런쟁이다. 다른 지역을 오가며 대학원을 다녔고 그렇게 배운 학문으로 누군가를 가르치는 일을 하며 창작 활동까지 겸하는 게 훨씬 어린 내가 봐도 대단하다. 딸인 입장에서는 너무 무리하는 거 아닌가 싶어 걱정도 된다.

누군가에겐 내가 열심히 사는 것처럼 보일 수도 있을 것이다. 그래도 우리 집에선 내가 가장 게으르다.

내가 매사 열심히 살아왔던 사람은 절대 아니다. 나는 꽤 게을렀다. 대학생 땐 이불 밖은 위험하다는 생각으로 똘똘 뭉쳐져 있었다. 외출을 멀리하고 가구마냥 집에 찰싹 붙어 있었다. 어느 정도였냐고? 집에서 며칠 동안 영화와 애니메이션을 줄줄이 보는 걸 즐겼다. 포털 사이트에 '유명한 영화 순위', '재밌는 애니메이션 순위'를 검색해서, 차례대로 찾아서 보곤 했다. 지금 생각해 보면 그 열성적이고 기력이 남아돌던 20대 초반을 집에서만 보낸 것에 약간의 후회와 안타까움이 있기는 하다. 그래도 달리 보자면 당시 본 영화들이 나의 감수성과 창작에 큰 도움을 주었으니 무용한 시간은 아니었다.

대학교를 졸업하고 직장인이 된 후로도 내 생활은 크게 달라지지 않았다. 3교대라는 고강도 업무 앞에서 더욱 더 집순이가 되었다. 대학생 때는 친구들과 시간을 보내고 가끔 놀러라도 갔는데, 다 같이 간호사가 되어 3교대의 늪으로 입성하니 누구 하나 여유가 없었다. 그저 침대 위에 누운 채로 우울을 이불처럼 덮고 있었다.

하지만 변화는 어느 날 갑자기, 감전된 것처럼 우리 앞에 찾아온다. 누군가 알려주거나 큰 사건이 일어난 것도 아닌데 강력한 깨달음을 얻게 되는 순간이 생긴다. 그날도 여느 날처럼 아등바등 내게 주어진 업무를 하고 있었다. 그러다 공교롭게도 연달아 환자의 죽음을 경험하게 되었다. 인간의 삶이 얼마나 갑작스럽게 끝나는지, 죽음 앞에선 또 얼마나 무력해지는지를 새삼스레 깨닫게 된 날이었다. 그렇구나. 우린 모두 죽는 거구나. 인간은 죽음을 향해 가는 것이라 했는데 그 말이 사실이구나. 어쩌면 우리 모두 알고 있었을 것이다. 그런데도 새로운 사실을 알게 된 것처럼, 마치 죽음을 처음 발견한 것처럼 나는 충격에 휩싸였다.

나도 언젠간 죽는다는 사실을, 삶에 끝이 있다는 사실을 망각하고 있었다. 그렇다면 하고 싶은 것을 하지 않고, 하고 싶지 않은 것만 억지로 하면서 살아가고 싶지 않았다. 머릿속으로 수많은 질문들이 두둥실 떠올랐다.

'계속 이렇게 살라고?'
'나는 아직 하고 싶은 게 많은데?'
'집과 병원만 오가면서 살라고?'
'내 삶과 자아를 억누른 채로 사는 게 맞나?'

막연히 학생 시절에는 학교를 졸업하면 내가 하고 싶은 것을 뜻대로 하게 되며 살 줄 알았다. 어리석은 착각이었으나 정말 그렇게 생각했다. 나는 항상 과거를 후회하곤 했다. 그때 그러지 말걸, 그때 그런 선택을 할걸, 그렇게 말하지 말걸, 다른 선택을 했어야 했는데 하고. 나에게 현재는 언제나 모자란 것이었다. 그러니 끝없이 과거에 미련을 두고 아쉬움을 느꼈던 것이다. 하지만 과거는 이미 지나간 것, 때문에 돌이킬 수도, 반복할 수도 없는 것이었다. 우리가 아무리 후회를 한다고 해도 시간은 앞으로만 흐르며 죽음에 한 걸음 더 가까워질 뿐이었다. 어쩌면 우리도 모르는 사이에 엔딩이 가까워져 있을지도 모른다. 그렇다면 결정해야 했다. 냉혹한 시간에 대응할 방법을 찾아야만 했다.

우울에 빠진 채, 주어진 오늘을 간신히 간신히 넘기면서 그렇게, 아무것도 하지 못한 채 살 수는 없었다. 그러고 싶지 않았다. 처음 입사할 때 오래 다니기로 결심했던 직장을 그만두기로 했다. 퇴사 의사를 밝히기 전까지는 이런저런 부정적인 생각을 하며 홀로 자주 울었다. 혹시 뒷말하기 좋아하던 선생님이 비꼬진 않을까? 다른 사람들이 나를 나약하다고 생각하면 어떡하지? 뭐가 힘드냐고 핀잔을 주면 뭐라고 대꾸하지? 이런저런 상상을 하면서 말이다. 하지만 그건 정말 나의 망상에 불과했다. 퇴사 의사를 밝히자 모두가 그저 나를 부러워하기만 했다. 그렇게 누군가에게는 짧을, 나에게는 길게만 느껴졌던 3교대 생활이 막을 내렸다.

간호사 OFF, 백수 ON 모드가 되었다. 그렇다고 그 시기에 그림을 그린 것도 아니다. 그저 친구들과 열심히 놀고 집에서는 늘어지게 늦잠을 자며 백수 생활을 즐겼다. 전부터 배우고 싶던 댄스 학원과 악기 학원을 다녔다. 딱히 할 일도 없었기에 하루가 멀다고 연습을 하러 나갔다. 그렇게 열심히 출석 도장을 찍는 사람은 나를 제외하면 입시생뿐이었다. 지금이 아니면 또 언제 이렇게 열심히 배울 수 있을까? 하는 생각에 더 열심히 열을 올렸던 것 같다. 직장을 다니면 할애할 수 있는 시간과 체력이 현저히 줄어들게 뻔하니까. 백수 생활을 하던 나는 그 어느 때보다 열성적으로 부지런히 시간을 썼다.

그렇게 내 안을 채운 후 두 번째 직장에 들어갔다. 두 번째 직장은 3교대 대신 9시에 출근해 6시에 퇴근할 수 있는 곳으로 알아봤다. 시간적 여유가 있고 규칙적인 생활이 가능해지자 취미생활 또한 할 수 있게 되었다. 중환자실에서 근무해 왔기에 수술실에서 다시 신규 생활을 시작하려 하니 분명 쉽지만은 않았고, 적응하기도 힘들었다. 그래도 교대 근무를 하지 않아도 된다는 사실 하나로 버틸 수 있었다. 짬이 나면 그림을 그렸다. 오래 다니고 싶었던 첫 직장을 그만둔 선택을 후회하지 않기 위해 나는 더 열심히 일하고 내 여가를 충분히 즐기고자 노력했으며 내게 주어진 일이라면 무엇이든 해보려고 했다. 즉, 내가 계속 무언가를 했던 이유가 내가 한 선택에 후회하고 싶지 않아서였다는 뜻이다. 그렇게 나는 나를 위한 보상을 해나갔다.

나는 정말 열심히 살았다. 무엇이든 열심히 하고 싶었다. 어찌 보면 내게 주어진 현실을 도피하기 위해서였는지도 모르겠지만, 더 많은 일을 하고 취미를 만들었으며 누군가와 만났다. 우리가 언젠가 죽는 존재라면, 후회하는 오늘을 만들고 싶지 않았다.

병원에서 생사의 갈림길을 자주 목격하며 우리가 '하루'를 가볍게 여긴다는 것을 알게 되었다. 하지만 우리의 하루는 생각처럼 평범하지 않다. 가끔 지나치게 지루하고, 또 진부하게도 느껴지는 반복되는 일상이 절대 무가치한 것은 아니다. 우리는 이토록 불확실한 생에서, 불확실한 미래 앞에서 운 좋게 하루를 잘 버틴 거다. 그러니 '오늘'은 행운으로 가득찬 시간 덩어리라고도 할 수 있지 않을까. 설령 힘든 하루였다고 해도, 당신이 무사히 그 하루를 넘겼으니 말이다.

세월이란 그저 흐르지 않는다. 하루들이 쌓이고 매 순간 영향력을 행사하며 쏟아져 내리는 것이다. 누군가는 갖지 못한 오늘을 우리가 가지게 된 것이니 이 하루를 어영부영 보내지 않기로 했다. 어느 순간 사라질 이 시간을 잠시나마 손에 쥘 것이다.

#수고했어요_오늘도

내가 하는 일의 멋짐을 알자

사람들은 종종 멋진 일과 멋지지 않은 일을 나누어 흑백으로만 사고한다. 그렇게 자연스레 내가 할 일과 하지 않을 일을 정하고, 허드렛일은 자신과 무관한 것으로 치부하기도 한다. 그래서인지 종종 '간호사가 이런 일도 해요?'라는 댓글을 보게 된다. 간호사가 밥도 먹여주고 똥도 치워주고 그런 잡다한 일도 다 하냐는 뜻이다. 그에 대한 답변은 명료하다. 그렇다. 기본적으로 간호사가 다 한다. 물론 간병인과 간호조무사가 해주기도 하지만 결국 책임은 간호사에게 있기 때문에 간호사가 해야 하고 대부분의 병원이 인력이 모자라니 일손이 부족해서라도 간호사가 한다. 그러니 간호사라는 직업에 자부심은 절대적으로 필요한 요소다. 그런 자부심 없이는 해내기가 쉽지 않다. 특히나 '아픈 사람을 상대하는 의료인'이라는 책임감은 그 일들이 절대 사소하거나 불필요한 작업이 아님을 알게 해준다.

종종 간호학과에서는 어떤 걸 배우냐는 질문을 받는다. 간호학과에서는 일하는 데 필요한 지식보단 직업 정신을 가르쳐준다고 하는 게 맞겠다. 간호사가 되고 보니 학교에서 배웠던 지식은 말 그대로 기초일 뿐이었고 실무에 투입되며 깨닫고 공부한 것이 대부분이었다. 돌아보니 4년간 대학교를 다니며 내가 배운 것은 간호사가 가져야 할 직업 정신이었다. 환자를 대하는 기본 태도와 마음가짐 말이다. 이 부분을 잘못 이해하거나 또 오해하는 경우도 더러 있다. 직업에 관한 자부심은 필수지만 자부심이 자만심이 되지 않도록 경계해야 된다. 우리의 업무가 오로지 컴퓨터 작업, 환자 상태 점검, 혈압 측정과 약물 주사는 아니니까. 간호사란 환자들의 가장 가까운 곳에서 그들의 곁을 지키는 직업이다. 그러니 고단한 일도 많을 수밖에 없다. 더럽다고 느껴지거나 꺼려져도 해야 하는 그 일이 우리의 업무이기도 하다.

그러니 환자들의 똥도 보고 치우며 가끔 검체통에 담기까지 한다. 똥이라니. 간호학과 학생들이 이 부분에서 꽤나 놀란다. 그리고 이런 (허드렛일하는) 이야기가 알려지는 것을 불편해하는 사람들도 있다. 이러면 간호사 이미지가 안 좋아지지 않느냐고. 나는 도대체 어떤 부분에서 간호사의 이미지가 나빠지는 건지 의문이 생겼다. 간호사들이 누군가는 '허드렛일'이라고 불리는 일을 하는 것이 그렇게 불편할 일인가. 그게 왜? 우리 업무의 일부를 사람들에게 굳이 숨길 필요가 있나? 꼭 보기 좋은 점만 보여야 하는 건가? 그렇다고 우리가 무가치한 일을 하는 것은 아닌데.

종종 사람들은 이음새 역할을 하는 직업을 쉽게 저평가한다. 의사와 환자를 잇는 간호사의 업무를 별것 아닌 것으로 치부하고 간호사를 얕잡아본다. 이분법적인 판단 속에서 간호사를 주체성 없이 지시나 따르는 직업으로 여긴다. 그러나 나는 내 일에 자부심이 있다. 그저 지시만 따르는 역할이 아니라 환자들의 건강 상태를 위해 그때그때 필요한 조치를 하고 기록을 하며 때로는 온 정신을 쏟아붓는다. 중간다리 역할이라고만 하기에 우리는 환자들에게 너무나 진심이다. 그래서 말하는 것이다. 우리는 누군가 더

럽다고 느껴질 일마저 해내는 직업을 가졌다고. 누군가는 허드렛일이라고 할 노동을 하면서도 무슨 일이 있어도 환자들을 절대 방치하지 않는다고.

나는 꼭 좋은 점만 노출하고 싶지 않다. 각오가 필요한 일이라면 미리 알려야 한다. 그런 일도 있으니 알아두라고 경고해 주고 싶다. 매도 먼저 맞아야 덜 아픈 법이다. 일을 하며 깨달은 건 명료하다. 이 일에 사소한 부분은 없다.

#자부심만이_살_길이다

쓸 때와 쓰지 않을 때를 알아야 한다

월급은 적고 물가는 비싸다. 청년, 중장년, 노년 모두 취업난에 시달리고 있으며 막상 일자리를 구해도 우리의 수명에 비해 직장의 수명은 더없이 짧다. 그래서일까. 사람들은 저마다 어떻게든 제 살길을 찾으려고 애쓰는 중이다. 부동산, 주식, 가상화폐, 투자, 사업 등등. 월급쟁이 신세론 감당이 안 되는 삶이기에 모두 어떻게든 하나라도 더 가진 삶을 살아내기 위해 혈안이 돼 있다.

나라고 관심이 없을까. 나 또한 관심이 있다. 다만 방법을 몰라 가만히 있을 뿐이다. 안타까운 건 역시 이렇게까지 해야 하는 현실이다. 몇 년 사이 꾸준히 소비했던 물건들의 가격도 지나치게 올랐다. 집값, 땅값, 채솟값, 기름값, 교통비 등등 오르지 않은 건 역시 월급뿐이다. 기존의 소비를 멈추거나 혹은 일을 늘려 수입을 늘려야 한다. 그래서일까. 평일에는 직장인, 주말에는 배달 라이더를 한다는 이야기가 심심치 않게 들린다. 부업을 하는 사람들도 늘어났다. 직업을 하나 더 가지기 위해 무언가를 배우거나 시작하는 사람들도 많다. 나 또한 간호사이자 작가이기에 시간을 쪼개 열심히 사는 사람들을 응원하지만 한편으로는 그래야만 충당 가능한 물질(돈)에 생각이 많아진다.

흥미로운 건 이젠 그렇게라도 일해서 소비하는 시대가 되었다는 것이다. 그에 따라 소비의 패턴이나 소비되는 대상도 많이 달라졌다. 기준이 상향 평준화된 만큼 다들 조금의 금액을 더 투자해서라도 만족스러운 소비를 하려 한다. 상표, 이미지, 디자인, 희귀성으로 판매가 결정된다. SNS에 업로드할 만한 제품, 장소, 음식들을 따지며 소비한다. 타인의 시선을 어느 때보다 심하게 의식하는 시대가 아닌가 싶다. '멋'에 의존하다 보니 자연스레 효율성은 포기하게 된다. 무릎까지밖에 안 오는 테이블, 등을 제대로 받쳐주지 못하는 의자, 예쁜 컵에 콩알만큼 들어가 있는 디저트 같은 것들이 그 예시다.

그래도 잘 팔린다. 언젠가 한 번 광고를 위해 한 사업가를 만난 적이 있다. 그분이 말하길 현시대의 트렌드는 단언컨대 브랜딩이라고 했다. 그 속의 내용물이 무엇이든, 양이 얼마나 되든, 10그램당 가격이 얼마든 그런 것들은 중요하지 않아졌다고. 어떻게 브랜딩을 해서, 어떤 이미지로 어필하느냐에 따라 매출이 결정되기에 디자인이 중요해졌다는 말도 덧붙였다. 커피가 맛없어도 콘셉트를 잘 잡은 카페는 웨이팅이 있을 만큼 사람들로 북적이는 것처럼.

구질구질 아끼면서 살고 싶지 않은 마음을 나 또한 공감한다. 그러나 배보다 배꼽이 더 커진 것도 사실이다. 월급이 200만 원인데 500만 원을 버는 사람처럼 살아선 안 된다. 타인의 말이나 외부의 시선에 휘둘려 과한 소비나 대출을 하는 것도 고민해 보아야 한다. 나는 과소비라고 할지라도 그 사람이 정말 원하는 소비라면 해도 된다고 생각한다. 하지만 타인의 시선을 지나치게 의식한 나머지 그리 기쁘지 않은 소비를 하고 지갑은 홀쭉해지고 스트레스와 피로감은 누적되고 있다면, 나쁜 소비를 하고 있는 것이다.

티끌 모아 티끌이라는 말에 동의한다. 그래도 결정적인

순간에 조금이라도 당신을 보호할, 티끌만한 안전망을 확보해 놓을 수 있으면 좋겠다. 당장 죽을 것 같이 힘들어 퇴사가 하고 싶을 때, 단 한두 달이라도 퇴사 후 일하지 않고 쉴 수 있는 돈을 마련해 놓았으면 좋겠다. 채워지지 않는 마음을 과소비로 풀고 내내 후회하지 않았으면 좋겠다. 제대로 된 소비와 지출 습관이 하루아침에 만들어지는 것은 아니다. 이 또한 연습이 필요하다.

참을 땐 참고, 할 땐 제대로 할 수 있기를. 휩쓸리듯이가 아니라 정말 자신이 원하는 것을 위한 소비를 할 수 있기를.

#물가는_떨어지고_월급은_올랐으면

로[怒]

분노는 나의 힘

주기는 싫고 받고만 싶다면 그댄 놀부

책을 쓰고 그림을 그리지만 역시 내 본업은 간호사다. 대학 병원 중환자실에서 1년을 일하고 그 후로는 쭉 개인 병원 수술실에서 근무하고 있다. (이 책이 출간될 때까지 일하고 있을지에 대해서는 확신이 없다.) 직업에 대한 경력이 쌓이면서 나는 업계를 전보다 더 이성적으로, 선명히 이해할 수 있게 되었다. '간호학과와 간호학과를 졸업한 학생들은 늘어나는데 간호사 수는 턱없이 부족하다' 같은.

지방으로 갈수록 간호사 임금은 말문이 막힐 정도로 적어진다. 참고로 내가 현재 거주 중인 지역은 KTX를 타고 서울에서 30분 남짓 걸리는 곳이다. 현재는 대기업도 있고 인구도 점점 늘어나는 추세의 도시다. 그러나 간호사 월급은 여전히 제자리걸음이다. 한 마디로 염전이라고 할 수 있지. 심지어 지방에선 직장을 골라 취업할 수 있는 선택지도 없다. 언제나 사람을 채용하고 구인 광고를 올리는 병원도 언제나 같다. 모두가 알지만 해당 병원에서는 모르는 이유로 늘 인력난에 시달리고 있기 때문이다.

우리 지역 종합 병원에서도 현재 상근직 간호사를 채용하고 있다. 3교대 없이 일반 직장인들처럼 9 to 6. 임금은 당연히 최저다. 왜냐면 3교대를 안 하니까. 그리고 좀 쉬운 업무 같으니까. 물론 주 5일제도 아니다. 그래도 간호사들은 지원을 하고 그곳은 인력이 금세 채워진다. 최저임금이라도 3교대를 안 하고 정규직으로 일하는 것에 만족하고, 자녀가 있어서 규칙적인 생활이 필요하거나 나이가 있어서 몸이 덜 피로한 일을 하고자 하는 간호사들이 주로 지원한다. 그리고 그 수가 절대 적지 않다. 다만 이런 상근직의 연봉은 구인 시 올라오는 연봉에서 절대 인상되지 않는다.

개인 병원에서도 채용 공고를 자주 올린다. 다만 면접을 볼 때 황당할 수밖에 없는 조건들을 요구한다. 외래 일을 하면서도 여유가 생기면 병동으로 가 업무를 도와줘야 하고 당연히 공휴일에도 출근을 해야 하며 가끔 당직도 서야 한다며. 심지어 이런 공고까지 본 적 있다.

· *영어 능통*

· *컴퓨터 능통*

· *수술실 업무 가능*

· *서비스업 가능*

· *야간 근무 필요*

이 모든 업무가 가능한 간호사를 찾는 곳도 있었다. 물론 그런 조건을 내걸 수도 있다. 다만 그들의 요구와 상충하는 대우가 문제라면 문제였다. 요구하는 바는 많으면서 처우 개선은 고려조차 하지 않았다. 때문에 내가 잘못 본 것이라고 확신하며 양심이 있다면 저런 공고를 내걸지 않았을 거라고 두 눈을 의심했지만, 그들이 올린 조건은 내가 본 게 맞았다. 이렇듯 여러 병원에서 열악한 대우와 과한 조건으로 공고를 올리고 정작 채용이 안 된다며 속앓이를 한다. 속앓이를 할 시간에 처우를 개선하거나 연봉을 올리면 될 텐데 말이다.

얼마 전에는 서울에서 일하는 대학교 동기와 연락을 하게 되었다. 내가 거주 중인 지역으로 이직할까 고민 중이라며 이곳 병원들에 대한 정보를 내게 물었다. 이런저런 이야기를 하다 보니, 친구가 현재 근무 중인 개인 병원 수술실의 급여를 알 수 있었다. 지방 병원에서는 절대 받을 수 없는 금액이었다. 아마 수간호사는 돼야 그 정도 받지 않을까? 서울과 그리 먼 거리도 아니고, 누군가는 이곳에서 서울로 출퇴근을 하는데도 불구하고 지역에 따라 간호사 급여 차이가 크다는 것에 충격을 받았다.

이보다 더 지방은? 말해 뭐 할까. 지방 병원은 대학 병원이라도 급여가 적었다. 병원에서 벌어들이는 돈이 아무리 많아도 간호사와는 상관없는 일이 되었다. 고노동 저임금으로 심신이 지친 간호사들은 우후죽순처럼 퇴사를 결심하고, 환자들을 보살피고 상태를 점검할 간호사들이 없으니 병동을 닫는 부서가 생기기도 한다. 그보다 더 지방에서는 간호사를 채용하는 병원 자체가 없는 경우가 많다. 리스크까지 감수하고 지방 종합 병원으로 입사하려는 간호사가 없으니, 법적으로 문제가 생기더라도 간호조무사와 응급구조원으로 간호사의 빈자리를 대체한다.

무엇보다도 병원에서 어느 누구도 간호사 편이 되어주지 않는다. 그래서 발전은커녕 문제들이 더 심화된다. 심지어 간호부조차 간호사를 대변해 주지 않는다. 간호사가 발언권을 가진 병원도 있다. 다만 극소수일 뿐이다. 대부분의 병원이 간호사를 월급을 축내는, 불만만 많은, 금방 그만두는 직원 정도로 치부한다. 병원에서 간호사는 크게 두 종류로 나뉜다. 병동에서 실무를 하는 평간호사와 병원장의 말을 무조건적으로 따르는 관리직 간호사. 이런 구조 속에서 언제나 모든 잘못은 실무를 하는 간호사가 짊어지게 된다. 환자와 벌어진 일에서도, 의사와 벌어진 일에서도 마찬가지다. 당연히 언제나 간호사의 문제다.

그래도 간호사는 일한다. 열악한 대우에도 일한다. 사실 COVID-19로 의료계의 현실과 병원에서 간호사의 위치가 여실히 드러나게 되었다. 나라에서 지원금을 지급하지만 그 지원금조차 간호사들과는 무관하다. 상황이 급박해지고 노동의 강도가 세지는 와중에도 대우는 여전하기에 자연스레 하나둘 간호사들이 '또' 일을 그만둔다. 그러다 보면 결국 남은 소수의 간호사들이 3교대는 무슨, 2교대로 근무를 할 수밖에 없다. 한 층을 제대로 관리하기도 힘들건만 두 층을 바삐 오가며 환자들을 관리해야 한다. 인력이 턱없이 부족해도 감염 환자들은 끝이 없고 의료진이 모자란다고 환자를 거부할 수도 없으니 '나'를 소모해 환자들을 돌본다.

이 상황이 몇 년 동안 반복되고 스트레스가 켜켜이 쌓이면 멘탈이 강한 사람이라도 번아웃이 온다. 존중받지 못하는 상황에선 나마저 나를 소홀히 여기게 된다. 감정 소모와 체력 소모가 극한에 달하게 되면, 정말 정신이 나갈 것 같은 아득함을 느끼고 나를 보호하기 위해 간호사라는 직업을 손에서 놓게 된다. 그래서 늘 간호사가 모자란 것이다.

간호사가 부족하다는 것은 경력이 짧든 길든 모두 20년 차처럼 능수능란하게 일을 처리해야 한다는 뜻도 된다. 빠르고 정확하게 넓은 시야로 수많은 환자를 살펴야 하고 다른 병동과 검사실, 의사와 보호자까지 신경 써야 한다. 능숙하게 이 모든 걸 해낼 수 있으면 참 좋겠지만, 1년 차가 20년 차처럼 일하는 건 사실상 불가능하다. 20년 차의 업무 숙련도는 경험과 시간이 쌓아 올려진 결과물이니까. 또한 신입이 경력직처럼 능숙하게 업무를 봐야 하는 구조와 환경의 직장이라면 신입에게 제대로 업무를 알려주고 교육해줄 리도 만무했다. 대충 알려준 뒤 곧바로 실무에 투입할 게 뻔하다. 뒷수습은 연차 높은 간호사의 몫이다. 그래. 간호사끼리의 업무는 어떻게든 해낼 수 있다고 치자. 그렇다면 환자는?

간호사 인력난은 결국 환자가 감수해야 할 피해로 돌아간다. 제대로 쉬지도 못하고 일을 하는데 어떻게 환자를 완벽하게 케어할 수 있겠어? 수많은 환자를 한 명의 간호사가 담당하는 마당에, 환자 한 명 한 명 정성을 쏟을 수 있을 리 만무했다. 시간은 한정적이고 급박한데 한 환자에게 긴 시간을 할애하면 다른 환자를 돌볼 수 없다. 그러니 병원에서는 모든 환자들에게 약간의 피해를 주는 것으로 나름의 (말도 안 되는) 균형을 맞춘다. 금방 받을 수 있는 검사 시간이 지연되고, 하루빨리 발견할 수 있는 증상이나 질병의 발견이 늦어지고, 정확히 알 수 있는 건데도 실수가 발생한다. 환자나 환자의 가족 입장에선 체한 듯 속이 답답해질 이야기다. 병원이 아낀 돈 때문에 환자가 그 리스크를 감당해야 한다니. 말이 안 된다.

#소_잃고도_외양간을_안_고치네

왜 간호사들이 안 들어오지?
간호사 뽑기가 힘들어~

충격
이유를 모르나?!?

받은 만큼 주기로 했다

1. 일은 편한데 월급이 적은 직장
2. 일은 힘든데 월급은 (아주 살짝 더) 많은 직장

이 두 질문에 대한 선택지는 사람마다 다를 것이다. 그러나 나는 그렇게 생각한다. 일이 너무 과도한 것도, 월급이 너무 적은 것도 좀 아니지 않나? 대단한 워라밸과 연봉을 바라는 것은 아니지만, 적어도 너무 최악으로 치우치진 않았으면 하는 바람이다.

대학을 졸업하고 막 입사해 첫 직장에서 일을 시작하는 신입 사원들이라면, 일을 시작함과 동시에 자신에 대한 불확실성과 낮아지는 자존감으로 애를 먹고 있을 것이다. 내가 그랬으니 어렵지 않게 알 수 있다. 내가 하는 일이 나와 맞는 건지에 대한 의문이 치솟고 직장에 제대로 된 소속감도 느끼지 못할 시기다. 사회 초년생이라면 모두 공감하겠지만, 내가 받는 급여가 어떤 수준인지도 객관화가 힘들다. 의심이나 의문을 품기 힘들다. 왜인지 모르게 월급에 대한 언급을 삼가야 할 것 같다. 앞가림도 제대로 못하는 처지에 월급에 대한 불만만 있는 것 같으니까. 그래서 첫 직장에 들어갔을 때 나는, 취직을 했다는 사실 자체에 만족하며 열심히 일만 했다.

그 소박한 만족감은 오래가지 않았다. 내가 하는 일의 범위가 늘어나면서 점차 힘에 부치기 시작했다. 또한 함께 일하는 동료 간호사들의 불만이 귀에 들어오기 시작했다. 업무량과 비교해 월급이 적다는 것도 알게 되었다. 사실 진작 마음속 깊이 알고 있었지만.

처음이 중요하다던데, 나는 첫 직장부터 쉽지 않았다. 간호사라는 직업은 왜 이런가에 대해 심오하게 고민하기도 했다. 도대체 왜 이렇게 힘들고 그에 합당하지 않은 월급을 받아야 하는지 선배 간호사와 나름 진지하게 탐구해 보기까지 했다. 간호사라는 직업의 시작점이 '여자가 하는 일'이라는 편견이었단 것부터 우리의 시작은 현저히 낮았다는 결론을 내렸다. 의미 없고 부질없으며 무기력하기까지 한 토론이었다.

회의감이 짙어질 때, 직장인이라면 누구나 퇴사와 이직을 결심한다. 나도 그 무렵 이직을 했다. 다만 월급은 현저히 줄었고 몸은 편해졌다. 불합리를 깨닫기까지 꽤 긴 시간이 걸렸던 첫 직장과 달리 두 번째 직장에서는 내 월급이 참 작고 또 작아서 소중히 여기기도 아까울 정도라는 것을 일찍이 깨달았다. 두 번째 병원은 오래 다녔다. 첫 직장의 과중한 업무와 과도한 피로로 인해 몸과 마음이 망가지는 것을 겪으며 나름의 기준이 생겼는데, 나에겐 '시간'과 '여가'가 그 기준이었다. 그래도 월급에서 자유로울 수는 없었다. 이직 자리를 알아보며 몰래 면접을 보러 간 적도 있었다. 그 경험은 내가 현 직장에서 받는 월급이 얼마나 적은지를 다시금 깨닫게 하는 신선한 충격이 되었다.

돈이 전부는 아니라지만, 돈이란 인간에게 얼마나 중요한 존재인가. 내 노동과 가치를 알아주는 직장이란 얼마나 유의미한가. 더 적은 월급을 받고, 더 열심히 일하던 시절도 있었다. 인력이 없어 꾸역꾸역 일하면서도, 내내 서 있고 돌아다니느라 퉁퉁 부은 다리가 아파 절뚝거리면서도 최선을 다했다.

과거의 나를 향한 연민은 나의 직장 '병원'에 대한 분노로 이어졌다. 그 후로 다시는 병원에 대한 감정이 회복되지 않았다. 지금도 여전하다. 월급 몇 푼이 뭐 그리 대수냐 싶지만, 나를 인정해 주는 가치는 직업의식은 물론이고 회사에 대한 나의 감정과 태도를 좌지우지하는 파도다. 출렁이는 파도가 일상이 된다면 평지에 서 있을 때도 출렁이는 것처럼 멀미가 난다. 돌이킬 수 없는 혐오로 회사를 대하게 되는 것이다. 그러한 과정에서 직장인들은 월급이 적다는 사유로 직장을 떠난다. 월급을 이유로 댔지만, 그 속엔 그보다 복잡한 이유가 들어 있다. 나를 대하는 회사의 태도가 겹겹이 쌓여 '월급이 적어서요'라는 간단한 문장으로 퉁쳐서 도망가는 것이다.

도망가지 않아도 되도록 받은 만큼만 일할 수 있는 그런 날이 모두에게 오면 좋겠다. 오기를 바랄 뿐이다.

#하나_주고_열_받으려는_건_양아치

최악이 아닐 수 있다니

OO병원 거기는 간호사한테~
!!
그 정도면 양호한 거야. 저기 새로 생긴 병원 거긴 간호사들한테~
다른 병원도 속은 완전 곪아 있구나…
내가 있는 이 직장이 최악이 아닐 수도 있구나!
!!
소름
안되애애애

당연한 것은 어디에도 없다

나보다 나를 더 잘 안다고 할 수 있는 친구 A도 간호사다. 함께 고민과 고충을 나누고 공감하는 존재가 있다는 것은 힘겨운 하루하루를 지나는 데에 큰 힘이 된다. 나는 A와 나눈 대화를 통해 A의 경험을 이 책에 담고자 한다. 직장인들이라면 많이들 공감할 것이다.

A는 언제나 그래왔듯이 열심히 일했다. 하지만 그런 A에게도 더는 버티기 힘든 상황이 찾아왔고 근무할 수 없겠다는 의사를 밝혔다고 한다. A는 내심 간호부에서 당연히

자신을 붙잡으리라 생각했다. 당연했다. 극단적인 수준으로 인원이 부족했으니까. 적당히 달래거나 회유해서라도 A에게 조금만 더 함께 일해달라고 부탁하는 것이 남은 직원들이나 병원을 위해서라도 맞았다. 간호사 한 명이 담당하고 있는 환자 수와 업무량이 상당해서 그 빈자리를 채우기가 절대 쉽지 않았다. 과중 업무를 감당하던 기존 인력이 나갔는데 빈자리가 쉽게 채워질 수도 없었다. 그래서 A는 퇴사 의사를 전달할 때부터 붙잡히지 않겠다고 단단히 각오한 상태였다. 그러다 간호부에서 가장 직위가 높은 상사와 면담을 하게 되었다고 한다. 긴장할 이유도 없는데 소심하고 잘 휩쓸리는 A는 단 둘이 대화할 상황이 만들어졌다는 사실만으로 식은땀이 날 만큼 긴장했다. 한숨을 크게 쉬고 부서장 사무실로 들어가면서도 A는 '쫄지 말자! 나 안 꿀려도 돼!'를 속으로 크게 외쳤다.

앞서 말했듯이 A는 붙잡힐 생각이 없었다. 병원에서 감내한 시간이 이미 길었고 당한 것도 많았으며 보고 들은 이야기까지 많아져서 일말의 기대감조차 남지 않은 상태였다. 그러니 '다른 병원들처럼 연봉을 올려준다든가 근무 조건을 효율적으로 조정한다든가 하는 제안마저 하지 않고 그저 계속 다녀달라고 하겠지' 생각하며 의자에 앉았다. 그런데 웬걸?

"뭐가 문젠데? 왜? 왜 그러는데. 말해 봐!"

이게 바로 A에게 건네진 첫 마디였다. 아니, 문제야 많죠. 당황스러운 감정으로 친구는 최대한 프로답게 더 이상의 근무는 힘들다고 했다. 그리고 평소 가지고 있던 불만 276가지 중에 딱 세 가지만 말했다. 그때까지만 해도 상사가 자신을 조금이나마 이해하거나 공감하는 척이라도 해 줄 줄 알았다고 한다. 뭐 예를 들면 이렇게.

'미안해. 거기 많이 바쁘지? 나도 알아. 우리도 인력을 더 충원하려고는 하는데 잘 안 되네. 그래도 조금 더 근무해 주면 안 될까? 인력이 너무 부족해.'

이해하는 척, 달래주는 척, 공감하는 척! 시늉이라도 하면서 근무 연장을 요청할 것이라고 생각했다. 사실 A는 그렇게만 해줘도 아마 그 병원을 더 다녔을 것이다. 누군가는 물러터졌다고 할 만큼 여리고 순한 친구니까. 그러나 A가 직면하게 된 상사의 답변은 예상 밖의 것이었다.

"당연하지! 그렇게 근무하는 게 당연하지, 그럼. 바쁠 때만 바쁘잖아. 돌아가면서 나오는 거니까 몇 번 나오지도 않잖아. 그런 당연한 걸로 퇴사를 한다는 거야? 다른 데는 다를 것 같아? 다 똑같아."

네? 그 말을 듣는 A는 순간적으로 망치로 머리를 얻어맞는 듯한 아찔한 기분을 느꼈다. '망치로 머리를 맞은 듯'이라는 표현을 누가 먼저 사용했는지 모르겠지만 A의 말에 따르면 아주 적절하고 완벽한 비유였다. 당시 기분을 표현하는 데에 그보다 정확한 표현은 존재하지 않는다고 했다. 그렇게나 충격이었나 보다. 이해까진 바라지 않았어도 몰이해를 예상하지는 못했던 것이다. 그도 그럴 것이 A는 누구나 의문을 품을 법한 환경에서 남들이 다 퇴사할 때도 버티며 몇 년 동안 일했다. 그렇게 힘들게 환자만 보고 일했건만 그 지난한 시간이 '당연한 것'이 되었으니 얼마나 허망할까. 사람 눈도 제대로 맞추지 못하는 내성적인 A가 그때만큼은 큰 상처와 충격을 받아서 상사의 눈을 뚫어져라 쳐다보았다고 한다. 그때는 마스크의 존재가 고마웠다고. 표정 관리 불가의 위기 상황이었다.

당연함. 과연 정당한 당연함이 있을까. 그들이 해내고 있다고 해서 그것이 당연한 것은 아닌데 말이지. 노력을 무용하게 만드는 말을 들었을 때 A는 수만 가지 생각이 들어 혼란에 빠졌으며 단 한 번도 그 상사가 후배 직원들에게 미안하다거나 수고했다는 입에 발린 말조차 하지 않았음을 깨달았다. 그 흔하고 돈 안 드는 최소한의 위로조차 받은 적이 없음을 알게 되었다. 그런 사탕발림을 꼭 들어야 하는 것은 아니지만, 그간의 노력을 후회하게 만드는 몰이해의 말들은 A에게 상처가 되었다. 그간 나 뭐 한 거지? 라는 의문이 생겼다. 직원들에 대한 배려와 존중을 단 한 번도 내비치지 않았던 것도, 연봉이 동결되었을 때도, 어영부영 당연하단 식으로 통보 없이 넘어갔다. 건강이 좋지 않아서 퇴사 의사를 전했을 때도 안 된다는 말만 하면서 잠깐 숨 돌릴 휴가조차 내주지 않았다. A는 그곳에서 그래도 되는 존재였다.

아이러니한 건 그 지옥 같던 시간들이 A에게 경력이 되었다는 것이다. 덕분에 다른 병원에서 면접을 볼 때마다 족족 A는 합격했다. 대부분의 직장인들이 그럴 것이다. 사회 초년생이라 이를 악물고 버텼던 첫 직장. 그 직장에서 쌓아 올린 억울함과 자괴감의 시간들. 그런데 이상하게 그 과정이 경력이 되고 내공이 되기도 한다. 더 나은 직장으로 발돋움할 수 있는 내가 만든 나의 발판이 된다. 한편으로는 그렇게까지 버텨서 고작 경력 한 줄이 되는 게 억울하기도 하다. 사람을 갈아서 쓰는 곳들에 의문도 든다. 사람을 부속품 취급을 하니 쉽게 갈아 쓰고 바꿔 쓰고 퇴사 의사를 드러내도 적반하장으로 나오는 것이 아닐까.

마지막으로 나의 의견을 밝히겠다. 아, 우린 사람입니다. 부품이 아니고요. 세상이 어느 땐데 노동의 가치를 모르시나요.

#나_아니어도_할_사람_많다고?

#거기_아니라도_갈_데_천지!

정당하지 않은 분노에 휘둘리지 말 것

앞서 말했듯이 간호사는 3교대를 번갈아 근무한다. 이 때문에 다음 타임 간호사에게 인계하는 과정이 있다. 나이트 근무 중이던 어느 날이었다. 다음 타임의 간호사가 출근했다. 인사를 건네기 바쁘게 나와 같이 근무했던 선배 간호사가 방금 출근한 간호사에게 소리를 고래고래 내질렀다.

"네가 내 다음 근무라서 너무 힘들다고!"

이유는 없었다. 어떤 원인도 없는데 상대가 싫다는 본인의 감정을 온몸을 써서 표출했다. 옆에서 듣고 있는 것만으로도 그 목소리가 날카로운 화살처럼 꽂혔다. 나도 아픈

데 당사자는 얼마나 아플까.

언론에 대서특필되기도 했었던 것처럼 간호사 '태움' 문제는 몹시 심각하다. 이 태움이라는 단어가 낯선 분들이 있을 듯해서 설명하자면, 영혼이 재가 될 때까지 태운다는 뜻으로, 쉽게 요약하자면 직장 내 괴롭힘이라고 할 수 있다. 이런 태움을 견디지 못해 퇴사를 하게 되는 사례가 절대 적지 않으며 심한 경우엔 극단적인 선택으로 이어지기도 한다. 이미 고된 업무로 지칠 만큼 지친 간호사에게 '태움'은 견디기 힘든 절망감을 안겨준다. 문제는 이 폭력을 가르침이라 여기는 가해자들의 잔인함이다. 한 사람의 영혼을 까맣게 태우면서 그것을 제 권리인 줄 아는 어리석음이자 악습이다.

소위 말하는 일진 놀이를 다 큰 성인들이 즐기는 풍토가 만연하다. 이 문제의 심각성이 당연히 잘 와닿지 않을 수 있다. 어느 정도길래 이렇게 간호사 태움 문제에 말이 많냐고? 예를 들어보겠다.

[1] 헬퍼 간호사 태움

A 부서에 인력이 모자라서 B 부서의 간호사가 A 부서의

헬퍼로 잠시 가게 되는 경우다. 이런 경우에는 간호사도 원해서 A 부서로 가게 된 것이 아닐뿐더러, 말 그대로 일시적인 도움을 주기 위한 도우미에 불과하다. 그 간호사에게 일시적이고 유의미한 도움을 받고 다시 B 부서로 돌려보내면 그만이라는 뜻이다. 그런데 꼭 A 부서 간호사가 헬퍼 간호사에게 텃세를 부려 일을 어렵게 만든다. 간단하고 명료한 상황을 꼭 엉망으로 만드니 감정은 감정대로, 시간은 시간대로 낭비된다.

[2] 텃세로 인한 태움

COVID-19로 인해 수많은 병동이 사라졌다. 동시에 각기 다른 부서에 있던 사람들이 모여 새롭게 COVID-19 대응 부서가 만들어지기도 했다. 그렇다면 똘똘 뭉쳐서 함께 그 난관을 극복하면 참 좋으련만, 일을 어렵게 만드는 이들은 여기서도 빠지지 않고 등장한다. 같은 부서에서 온 고연차들끼리 다른 부서 간호사들의 기를 누르기 위해 저들끼리 작당한다. 심지어 영원할 부서도 아니고 언젠간 다시 흩어지게 될 텐데 말이다.

그런 분노에 이유가 있을까. 나는 분노의 유의미함을 알고 때론 정당한 분노가 우리 사회에 필요하다고 본다. 그러나 누군가를 태우는 분노는 이유 없는 '화'와 '성질'에 불과하다. 그것도 아주 비겁한. 본인의 꼬일 대로 꼬인 속마음을 주체하지 못하고 가장 만만한 사람을 대상으로 화풀이하는 것이다. 제 성질 하나 못 이기다니. 만약 그런데도 가해자가 '아닌데? 난 괜찮은 사람이고 여유로운 마음을 가졌어'라고 착각한다면 문제는 더 커질 수밖에. 죄책감을 못 느낀다면 더더욱 답이 없어진다. 피하는 방법밖에 없다. 갱생이나 회생을 말할 것도 없이 함께 더불어 사는 생 자체가 불가하다.

한 병동에서 오래 근무한 간호사가 많은 부서에서 태움이 일어나는 경우가 많다. 그 태움을 견딘 신규 간호사만 어떤 관문을 통과한 것처럼 인정해 주고 그때부터 본인들의 부서 간호사로 받아들인다. 버티지 못한 간호사에겐 어차피 일도 제대로 못할 나약한 사람이었다며 비웃고 비하하며 잘 나갔다고 한다. 그런데 그들에게 그럴 권리가 있을까? 너도 나도 월급 받는 직장인일 뿐인데 거기서 편을 가르고 상대를 괴롭혀 우월감을 느끼려 할 필요가 있을까?

나는 솔직히 가해자들에겐 아무런 관심이 없다. 다만 정당하지 않은 분노를 받는 피해자들이 너무 그 상황에 매몰되어 있지 않기만을 바란다. 자신의 탓이라고 자책하지 않았으면 좋겠다. 누군가 당신에게 무의미하고 무자비한 분노를 쏟아낼지라도 그건 당신이 아닌 '그 사람들'의 문제이니.

#방화죄로_신고할게요

하... 진짜
야!!
내가 너
때문에
피가 말려!!

쟤 지금
뭐 하는 거야?
진짜
머저리 같아
스트레스
받아...

상처 입히려는 것들에 휘둘리지 말 것

이 세상에 완벽한 사람은 없다. 그러나 타인에게 상처를 입히려는 무자비한 의도를 가진 사람들을 보면 나도 모르게 의문을 품게 된다. '저래서 얻는 게 뭐지?' 하고. 나는 간호사가 되면서 본격적으로 희한한 사람들을 목격하기 시작했다. 여기서 '희한함'이라는 것은 이전에는 거의 본 적 없고 만나본 적도 없으며 그런 유형의 사람이 이 사회에 존재할 거라고 상상해 본 적도 없음을 의미한다. 이를테면 갑자기 알 수 없는 방향으로 상상의 나래를 펼쳐 본인의 감정에 못 이겨 화를 내고 굳이 꼬아서 말하는 그런 신기한 사람들. 본인의 말이 얼마나 타인을 갉아먹고 자신마저 갉아먹는지를 모르는 눈치 없는 사람들.

내 인생에 그런 사람들은 처음이었다. 처음 겪는 일이었기 때문에 어떻게 대처해야 하는지를 알지 못했고, 그래서 무작정 힘들어만 했다. 저 사람은 나에게 왜 저럴까? 왜 저렇게 나에게 화가 났을까? 왜 나를 싫어하는 것일까? 왜 무안을 주고 상처를 입히는 것일까? 내가 그렇게 부족한가? 그렇게 생각이 생각의 꼬리를 물다가 문득 '왜 저러지?'라는 꽤나 단순한 의문이 들었다. 저렇게까지 할 이유가 없는데 저 사람은 대체 왜 저럴까.

혹시 이 책을 읽고 있는 독자분들 중에 힘든 상황에 놓인 분이 있다면 자신에게서 이유를 찾지 않았으면 좋겠다. 그리고 상대의 행동에 이유가 있을 거라고도 생각하지 않았으면 좋겠다. 그들이 그러는 데에는 외부의 원인이 없다. 본인 내면의 문제 외에는 어떤 이유도 없다. 폭력적인 행동을 이해하기 위해 노력할 필요도, 그들을 위해 이런저런 핑계를 만들어 '그럴 수 있지' 이해할 필요도 없다. 나를 지키는 것이 가장 중요하다.

나는 타인을 상처 입히는 사람이야말로 열등감과 자격지심에 오랫동안 잠식되어 있는 사람이라고 생각한다. 그로 인해 본인이 제어하기 힘든 수준까지 이르게 된 사람. 고민할 틈도 없이 깊숙한 곳에 자리하고 있던 생각이 말이나 행동으로 도출되는 것이다. 본인이 가장 억울하고 남들은 나를 힘들게만 한다는 어리석은 자기 연민으로 약해 보이는 사람을 골라 괴롭히는 것. 이것 외에는 설명할 길이 없다. 얼마나 스스로 자신이 없으면 타인의 자존감을 갉아먹어 본인의 자존감을 채우려 할까?

어려서, 서툴러서 같은 이유로 변명할 수도 없다. 다 큰 성인이 일진 놀이를 직장에서 이어가는 것은 문제적이다. 그 사람은 평생 그러고 살 것이다. 나이가 들수록 심해질 것이다. 더 비참해지고 더 비교하면서 영원히 그렇게 살 사람들이다. 그러니 우리는 그저 열심히 살면 된다. 지랄을 하든 개소리를 하든 나만 그들처럼 살지 않으리 다짐하면 된다. 우리가 할 일을 열심히 해내면서 무시하자. 어렵겠지만 열심히 우리의 삶을 살아내며 열심히 그들을 업신여기자. 정말 별것 아닌 사람들이다.

우리를 상처 입히려는 것들에는 아무런 가치도 없으니, 연연하지 말기를.

#나도_나를_싫어하는_너_싫어요

적당히 합시다

세상에 맞서려면 공격성이 필요하다

<혼자가 아닌 당신, 설령 혼자 같을지라도>(p18)에서 말했다시피 대학교에 입학해 만난 간호학과 동기들은 다들 둥글둥글한 순둥이들이었다. 얼마나 마음이 동글하고 말랑한지 어엿한 성인이 되고도 밤이면 술 대신 별을 보러 갔다. 헐뜯고 비난하는 일종의 '놀이'보다는 눈앞의 소소한 기쁨들에 시간을 할애했다. 습관적 이기심으로 뒷말이 나오고 공공연한 비난을 받는 대상이 있더라도 구태여 말을 얹거나 등을 돌리지도 않았다. 그럴 필요성을 느끼지 못했다. 굳이 우리까지 나서서 비난할 필요가 없다고 생각

했다.

그렇게 교수님의 말에 귀 기울인 채 열심히 공부하고 착실히 졸업까지 했다. 졸업 후에는 각자 병원에 취업하며 혹독한 병원 생활을 했다. 학생 때는 듣도 보도 못한, 만나본 적도 없는 요상한 사람들과 일했다. 병원이라는 곳은 일하는 사람도, 입원한 사람도 참 힘든 곳이라는 생각을 번번이 하게 되었다. 가시 돋친 말과 행동들을 받아내면서 때로는 회복되지 않을 것만 같이 상처를 입기도 했다. 그 과정에서 우리는 점차 전과 달라졌다. 아니, 달라져야만 했다. 전처럼 말랑한 상태로는 결국 깊이 상처 입고 말 것이니까.

그래서일까. 나름의 풍파를 겪으며 우리는 무언가에 잔뜩 화난 어른이 되어버렸다.

사람은 변하지 않는다지만, 사실 사람은 생각보다 잘 변하는 존재 아닐까. 변하지 않기 위해 발버둥을 치지만 변하지 않고서는 살아가기 힘든 그런 존재. 그러나 그 변화가 나쁘다고는 할 수 없다. 한때 나는 선배 말이라면 무조건 다 들어야 하는 줄 알았고, 모이라면 모이고 인사하라면 하는 순종적인 대학 생활을 했다. (다소 찌질했다.)

나는 그런 복종이 일종의 사회생활인 줄 알았다. 까라면 까고 하라면 하는 내 의지나 의사가 없는 생활. 그러나 그렇지 않았다. 사회생활이란 합당한 나의 권리를 주장하고 나의 능력을 보여주며 아닌 것 같을 땐 아니라고 말할 수 있어야 한다. '좋게 좋게' 해결할 수 있는 것은 아무것도 없었다.

먼저 인사를 건네던 나의 친구들은 간호사 알기를 똥같이 아는 원장님을 보고는 인사 따위 하지 않는다. 모른 척, 못 본 척을 한다. 위 연차가 말도 안 되는 억지를 부리거나, 문제적 발언을 한다면 따박따박 말대꾸도 한다. 또 불합리한 부분이 있다면 수선생님(수간호사: 병원의 특정 단위 간호사들의 리더로, 간호 관리 및 실제 간호를 연결하는 역할을 한다)에게 모두 말해버리고, 연봉이나 월급에 관해서도 나의 의견을 말한다.

누군가는 그런 나를 불편하게 볼 수도 있다. '에이 그건 좀 과하다' 야유를 보낼 수도 있다. 그러나 이런 공격성 없이 우리가 더 나은 하루를 보낼 수 있을까? 오은영 선생님은 <스타특강쇼>에서 "세상에 맞서려면 공격성이 필요하다"고 했다. 세상(사람)에서 오는 나를 향한 자극을 버티기 위한 힘을 길러야 한다고. 이 사회는 분노나 화, 공격성 등을 부정적으로만 바라보고, 때로는 '예민함'으로 비난하기도 하지만, 공격성이 발달된 사람일수록 인간관계가 좋고 나를 지키는 힘도 기를 수 있다. 부당한 것에는 부당하다고 말할 수 있는 공격성. 나는 우리가 그것을 키웠다고 생각한다.

이런 공격성이 없다면 부당한 대우를 받게 된다. 모두 나에게 업무를 몰아주고 내 탓을 해버리니 속이 새까맣게 타버리고 속병이 들어 고생한다. 그럴 바엔 뾰족뾰족 가시를 세우고 일하는 편이 낫지 않을까. 말랑하던 친구들이 뾰족이가 돼서 안쓰럽고 짠하기도 하지만 잘 적응해 나가는 모습이라고 생각하고 있다. 나이가 들고도 어린아이처럼 순진하고 의심 없이 순수한 게 좋은 것만은 아니니까. 나를 위해서도, 나의 다음 사람을 위해서도. 똑똑하고 착한 내 친구들은 변한 듯 보이지만 다 나름의 성장을 한 것이다. 그래도 한편으론 앞으로도 여전히 사회 구성원으로 지낼 날이 까마득하게 남았는데 얼마나 더 냉소적으로 변하게 될까 싶어 씁쓸하다.

#저_원래는_순둥이예요

쓴 것이 몸에는 좋다네

인간은 역시 적응의 동물이다. 절대 적응할 수 없을 것 같았던 일에도 점차 적응해 갔다. 일을 하며 얻은 스트레스와 우울은 만화를 그려 인스타그램에 올리는 것으로 풀었다. 가상의 세계에서 위로를 받고, 의지하고 있다는 게 다소 우습게 느껴질 때도 있었지만 그래도 나는 진지했다. 처음 맛본 세계에 중독된 것처럼 매일 그림을 그려 올리는 일에 집중했다. 나를 응원하고 지지하는 사람들이 늘어나는 것을 보며 기뻤고, 팔로워 수와 좋아요 수를 신경 쓰기 시작했다. 그 무렵엔 더 많은 사람의 관심을 받기 위해 간호사들끼리 서로를 괴롭히는 자극적인 이야기들만 올렸다. 당시만 하더라도 사람들이 나에게 괴롭힘과 관련된 사연만을 제보하고 요청했기에 다른 이야기는 그릴 수 없다고 생각했다. 다른 시도는 고민조차 제대로 해보지 않았다.

하나에 빠지면 다른 것들을 신경 쓰기 힘들어진다. 내가 그린 만화가 이곳저곳으로 퍼지면서 더 많은 사람들이 내 게시글을 보게 되었고, 나를 봐주는 사람들이 늘어난 만큼 호의적이지 않은 댓글도 늘어났다. 그러던 와중에 결국 댓글로 크게 한 방 맞았다.

왜 이렇게 자극적인 이야기만 올려요?

그런 댓글을 처음 봤을 때는 제대로 나를 돌아보지 않은 채 그저 화만 났다. 나름 매일 열심히 그림을 그리고 애정을 가지고 업로드를 했건만, 마치 내가 대충해서 대충 올린 것처럼 나와 내 그림을 저평가하고 있는 것만 같았다. 분을 참지 못한 채 집으로 와서도 엄마에게 노발대발 '이런 댓글을 받았고 이런 일이 있었다'며 침까지 튀겨가며 말했다.

가만히 듣고 있던 엄마가 입을 열었다.

"그 사람이 맞는 말 했는데?"

객관적이고 단순하며 명료하기까지 한 대답이었다. 엄마의 말을 들으니 말문이 막혔다. 엄마는 그 이유에 대해서도 설명했다.

"누군가는 자극적이라고 느낄 수 있는 이야기이긴 했잖아. 간호사들이 겪는 아픔을 말하는 건 좋지만 그것들만을 말해야 하는 건 아니니까."

다 맞는 말이라 더 할 말이 없었다. 만약 그때 엄마가 나와 같이 비판 댓글에 화를 냈다면, 아마 나는 발전하지 못했을 것이다. 거기서 내 역량이 멈췄을 것이다. 엄마는 쓰디쓴 충고와 함께 내게 필요한 태도도 조언해 주었다.

"지나가는 과정이야. 널 좋아하는 사람들이 많아질수록 널 비난하는 댓글도 늘어날 거야. 대중들의 반응을 살피되 일희일비하지 마. 대중들이 창작자의 모든 의도를 알 순 없어. 그러니 더 다양한 이야기를 그려봐."

그 조언은 내가 성장할 수 있는 거름이 되었다. 조금 더 열린 마음으로 내가 불편하다고 생각했던 피드백을 바라보게 만들었다. 그러고 나니 해본 적 없던 일이라고 해서 계속 하지 않아야 되는 건 아님을 깨달을 수 있었다. 도전은 도처에 있었다. 비판을 비난으로만 받아들이지 않는 것도 내게 필요한 태도였다.

그려본 적 없는 다양한 상황과 자리의 이야기를 그리기 시작하니 전에는 들어오지 않았던 새로운 사연들이 들어오기 시작했다. 주어진 상황에 안주하지 않고 다른 것을 해보려는 노력, 그러면서도 나의 중심을 잃지 않도록 타인의 목소리에 휘둘리지 않으려는 뚝심. 그것들의 중요성을 깨달은 시간이었다.

쓴맛과 단맛을 모두 감당할 수 있는 그 순간, 나는 내가 조금 성장했음을 알아차렸다. 지금 내 입에 달다고 그 단맛이 꼭 좋은 것은 아니며, 지금 내 입에 쓰다고 그 씀이 꼭 나쁜 것은 아니다.

#아직은_단_게_조금_더_좋지만

사과할 줄 알아야 어른이다

한 번은 이런 일이 있었다. COVID-19로 전 세계가 뒤숭숭하던 시기, 의사들이 파업을 선언했다. 한창 사람들이 '코로나' 세 글자를 두려워하던 때였다. 감염자가 누군지 신상을 파헤치기 바빴고, 나 또한 외출을 자제하고 개인 방역에 주의를 기울였다. 사람들은 어쩔 수 없이 타인에게 적대적으로 변했다. 때문에 감염 환자가 넘치던 때에 의사들의 파업은 언론과 여론의 뭇매를 피할 수 없었다. 그런데 하필! 그 무렵에 내가 파업에 관련된 만화를 인스타그램에 업로드한 것이다. 의사들이 파업을 진행 중임을 망각한 채.

사실 그 만화 속에 의사들의 파업을 지지한다는 메시지는 어디에도 없었다. 내용을 요약하자면 이렇다. 내가 그린 만화 속 화자는 자원봉사를 하고 있던 학생이었다. 그 학생의 시선으로 간호사들이 병원을 상대로 권리 주장 시위를 하는 모습을 그렸다. 같은 간호사보다는 병원 측 논리를 가지고 있는 수간호사는 신규 간호사들이 시위에 동참한 데에 반감을 품었다. 일이나 열심히 하면 되지, 신규 주제에 왜 시위에 동참하냐며 못마땅한 얼굴로 후배 간호사들을 꾸짖었다. 이 상황을 보고 있던 자원봉사자는 왜 같은 간호사끼리 저럴까 의문을 품었다고 한다. 그 이야기를 그렸다. 여기까지는 문제가 없었다. 문제는 마지막 컷이었다. 그 자원봉사자 학생이 의대생이 되었고, 의대생이 되어 다시 과거를 회상하니 시위를 하는 간호사들의 간절함이 이해가 가서 간호사를 지지한다는 내용으로 끝이 난 것이다. 의사 파업이 한창이던 시기에 나온 이 만화로 나 또한 뭇매를 피할 수 없었다. 그런 의도가 전혀 아니었다고 해도 어쩔 수 없었다.

만화를 올린 뒤 자고 일어났더니 수많은 비판 댓글이 달려 있었다.

실망이에요.

의사들의 파업을 지지하는 건가요?

이 시국에 이런 만화라니.

어느덧 내가 의사들의 파업을 지지하는 것으로 결론이 나 있었다. 심지어 '지지를 해주시다니, 그 용기에 감사드립니다'라는 댓글까지 있었다. 소스라치게 놀란 나는 서둘러 게시물을 삭제했고, 글을 삭제했으니 어느 정도 정리가 될 거라고 여겼다. 그런데 다른 게시물에도 관련 댓글이 달리기 시작했다.

여기가 의사 파업을 지지한다는 간호사 계정인가요?

그 댓글을 보자마자 내 글이 문제를 일으켰고, 많은 사람들이 이미 보았다는 사실을 알 수 있었다. 나는 곧바로 사과문을 게시했다. 속으로는 '그런 의도는 없었는데' 하고 속상하기도 했다. 하지만 나는 전보다 단단해져 있었다. 그런 위기와 오해를 전보다 유연하게 수용하고 대처할 수 있었다. 사람들이 나에게 가져주는 관심만큼 나 또한 책임감을 가지고 행동해야 한다는 것을 배울 수 있었다.

그 일을 통해 나는 조금 더 내 행동에 주의를 기울이게 되었다.

내 의도와 무관하더라도 내가 발화를 한 이상 해석의 여지는 다양했다. 어떤 일은 오해를 불러일으켰고 응당 책임을 져야 했다. 모르쇠로 일관하는 사람들도 분명 있었다. 시간이 해결해 줄 거라고 믿고 못 본 척하는 사람들. 나는 그러고 싶지 않았다. 직면하고 싶었다. 나는 나를 지지해 주는 사람들과 가족들이 있다는 것을 알았고, 나를 이해해 주는 사람들이 있다는 것도 알았다. 그러니 사과를 할 수 있었다. 사과를 할 줄 아는 어른이 되었다. 그것이 나의 자산이었다.

학생 신분을 벗고 직장을 다니며 돈을 벌고 그림을 그리며 상상한 적 없는 다양한 세계가 펼쳐졌다. 어릴 때나 타인에게 애정을 갈구하는 것인 줄 알았건만 이상하게 나이가 들면 들수록 나를 향한 오롯한 애정이 얼마나 중요한지 깨닫게 된다. 조건 없는 사랑과 응원은 나를 나아가고 움직이게 하는 원동력이 되었다. 그러니 절실해졌고 의심 없이 나를 향한 사랑을 마음껏 누리려고 노력하게 되었다. 그런 것들이 하나씩 차곡차곡 쌓이며 자신감으로, 자아존

중감으로 나타났다. 새로운 작업과 경험을 하게 될 때마다 거침없이 도전하게 만들었고 치열하게 고민하게 했으며 나답게 나의 박자로 나아갈 수 있었다. 실패하면 어때? 내게 곁을 내준 내 편은 결과에 상관 없이 나에게 박수를 쳐 줄 텐데.

살아가는 동안 우리는 많은 오해를 사고 실수를 한다. 억울하고 서러운 일을 마주하게 된다. 만약 자신을 지지해 주는 사람이 아무도 없다고 느껴져도 주눅 들거나 불안해하진 않았으면 좋겠다. 그 가운데 분명 당신이 이 난관을 잘 헤쳐나가기를 바라는 이들이 있다. 사람들은 생각보다 다른 사람들이 잘 지내는 것을, 행복할 것을 바라고 있다. 미움의 정서가 강해진 사회에서도 당신에게 '좋아요'를 보내는 마음들이 있다.

무엇보다도 내가 당신을 온 마음으로 지지한다. 당신이 내게 그랬던 것처럼. 실패하고 고군분투하고 사과하며 우리는 꽤 멋진 어른이 될 것이다.

#괴로워도_슬퍼도_나는_안_울어

우리는 절대 훼손되지 않는다

최근 직장 내 폭력으로 극단적인 선택을 한 신규 간호사 기사를 봤다. 간호사뿐만 아니라 다양한 직종의 직장인들이 견디기 힘든 괴롭힘 끝에 자신의 삶을 잘라내는 선택을 하곤 한다. 나 또한 마음이 타버릴 듯 힘들었던 시기가 있었기에 그들이 얼마나 괴로웠을지를 구태여 설명하지 않아도 자연스레 이해하게 된다. 모든 순간이 절망이었을 것이고 숨 쉬는 것조차 괴로웠을 것이다. 아무리 벗어나려 해도 벗어날 수 없는 지독한 굴레에 갇힌 기분. 그 막막함과 막연함에 아침을 맞기가 두려웠을지도 모른다. 내가 마음이 아픈 이유는 지금에 와서는 그러지 않았어도 되었음을 알게 돼서다. 타인의 분노를 온몸으로 흡수해 받아들일 필요가 없었음을, 내 존재가 민폐 덩어리가 아님을 알게 되었기 때문이다.

나는 고작 그 시기를 막 넘긴, 어찌 보면 어리고 누군가를 위로하기엔 모자란 위치의 사람이다. 그러나 그 순간을 겪은 사람으로서, 지금 이 순간에도 눈물로 밤을 지새우고 아침을 맞는 게 두려워서 기나긴 새벽을 보내고 있을 사람들에게 이 말을 해주고 싶다.

버티지 않아도 된다. 당신을 훼손시키는 상황에서 안간힘을 쓰지 마라. 내 삶을 잘라내는 것보단 회사를 잘라내는 것이 더 쉽고 건강한 방법이다. 그러니 그냥 그곳에서 나와라. 그 순간으로부터 벗어나라. 기꺼이 끊어내라. 당신보다 소중한 것은 무엇도 없다.

그곳에서의 생활을 끝내고 당신의 삶을 다시 시작했으면 좋겠다. 그만둘 수 있는 용기를 당신이 한번 내주면 좋겠다. 누군가 그런 당신을 비난하려 한다면 당당히 이렇게 대꾸해도 좋다.

나는 내 삶을 지키기 위한 선택을 한 거야. 넌 너를 위해 그런 용기를 내본 적 있어?

궁지에 몰린 것 같을 땐 죽음만이 유일한 살길처럼 느껴진다. 내가 죽어야 모든 고통이 끝날 것 같고 가해자들이 죄책감을 가질 것 같다. 그때야 그들이 반성을 하거나 혹은 처벌을 받게 될 거라고 생각한다. 그러나 그렇지 않다. 우리가 끝내 살아 있어야 그들을 벌할 수 있다. 너희가 아무리 쓰레기 같은 짓을 해도 나는 절대 파괴되지 않는다는 것을 알려줘야 한다. 공론화를 해도 좋다. 법적 공방에 들어가도 좋다. 요즘엔 고용노동부를 통해 직장 내 괴롭힘을 신고할 수도 있다. 아주 작은 흠이라도 낼 수 있다. 그러나 당신이 삶을 끝내려 한다면 당신이 상처 입히려 했던 사람들 대신 당신이 절대 상처 입히고 싶지 않아 했던 사람들이 상처를 입게 될 것이다. 당신의 곁에 서 있던 사람들이 오히려 당신을 지키지 못했다는 죄책감에 시달리며 절망하게 될 것이다. 아주 오랫동안.

역시 그건 너무 억울하지 않나? 정말 별로이지 않나? 날 괴롭힌 사람은 별 타격 없이 살아갈 텐데 말이지. 그러니 살아보자. 당신의 삶이 파괴되지 않는 것을, 오히려 그 사람보다 더 멋지게 나아가는 것을 보여주자. 당신답게 살아가면 그걸로 충분하다. 살아서 그 사람들에게 복수를 하자. 기어코 그들을 비웃자.

당신의 편이 없다고 느껴진다고 해도, 당신을 절망케 한 그들을 제외하곤 모두가 당신의 편이다. 그걸 알아주기를 바란다.

#우리는_있는_그대로_완전하다

나는 나아갈 것이다

나는 말을 조리 있게 못한다.
어…그…
신규생활을 하며 혼나기 시작하니
나 자신에 대한 의심이 한없이 커졌다.
당연히 말은 더 못했다.
어…
내가 맞는 건가?
이 말을 하는 게 맞는 건가?
내 멍청함이 탄로나는 건가?
말까지 못하는 내가 싫었다.
어버버거리는 모습이 너무 싫었다.
어…
뭐라고?
ㅋㅋㅋㅋ
ㅋㅋㅋ
에휴…
당연히 자존감은 저 땅 끝까지 뚫고 내려갔다.
살려주세요!
살려주세요!
내가 좀 더 똑똑하면 행동이 빠릿빠릿
하고 머리도 좋고
다들 좋아했을텐데
난 둔하고
력도 딸리고
소심하고 저
치도 없어서
모두 날 싫
도 내가 싫어
앞도 안 보였고 아무것도 안 보였다.

그런데 너무 허무하게도
끝없는 자괴감은 시간이 지나자 없어졌다.
?뭐지? 적응한 건가?
그럼에도 그때를 생각하면
눈물이 우루루 난다.
tears…
그땐 그랬지…
너무 힘들었고 상처받았던 그 시기를
덤덤하게 바라볼 수 있어야 될 텐데…
아직 못 보겠어! 아직 아냐!
좀 더 마음이 성숙한 멋진 어른이 되면
당당하게 지나온 시간을 마주할 수있을려나?
알아…
너 나이 먹을만큼 먹었잖아~

애[哀]

괴로워도
슬퍼도
나는 안 울어

최선을 다해 아프지 않기

가족이나 지인 중에 병으로 고생하거나 장기간 투병한 경우가 없었다. 간호학과에 입학하기 전까지만 해도 나는 TV나 인터넷을 통해서만 아픈 사람들을 보았다. 즉, 간호사가 되기 위해 공부했지만 정작 아픈 몸에 대한 나만의 사유나 경험이 부족했다는 뜻이다. 나는 아무것도 모른 채 병원 실습을 나가게 되었다. 간호사가 되기 위해서는 실습으로 1000시간을 채워야 하는데, 그 시간이 나에게 많은 것을 깨닫게 하고 느끼게 하고 사유하게 했다.

그 실습 기간에 무엇을 보고 경험하게 되었냐고? 일단

차트를 보았다. 입원 환자의 병원 이력을 보았다는 뜻이다. 몇 년에 걸쳐 아픈 사람, 태어날 때부터 아픈 사람, 환자가 오랜 투병으로 이미 지친 상태이지만 가족들이 놓지 못해 치료가 계속되는 사람……. 아무것도 몰랐던 22살의 내가 그 지난한 시간을 차트만으로도 엿볼 수 있었다. 이력을 통해 그들을 들여다보는 것만으로도 그들이 힘겨운 시간을 보내고 있음을 알 수 있었다.

차트를 지나면 내 눈으로 직접 그들을 보게 된다. 차트 속의 글이 아닌 병상에 누워 있는 환자들의 시간, 그 일부를 보았다. 차마 기록으로는 담을 수 없는 고통이 눈과 몸 곳곳에 매달려 있었다. 옆에도, 앞에도, 위층에도, 아래층에도. 모두 다른 사람들이었고 다른 고통을 겪고 있었지만 눈에 비치는 피로감과 고단함의 형태는 비슷했다.

실습이 끝나고 병원 밖으로 나오면 나를 감싸는 분위기가 달라짐을 느꼈다. 버스를 타는 순간 내가 사는 세상의 구성원들이 변하는 것만 같았다. 모두 아름답고 행복하게 걷고 먹고 웃고 있었다. 아픈 사람이 이렇게 많은데 아프지 않은 사람도 이렇게 많구나. 그래서인지 실습 때마다 차원을 이동하는 기분이 들었다. 차원을 오가며 건강이 얼마나 중요한지를 느꼈다. 편히 걷고 웃고 나의 의지로 먹고 잠들 수 있었으며 사랑하는 사람들을 눈에 담고 기억하며 그 사랑을 말로 표현할 수 있었다. 별것 아니라고 생각했던 일상이 얼마나 특별했는지 알게 되었다. 당연한 것도, 영원한 것도 없었다. 그렇다고 내가 잘나서 받은 축복도 아니었다. 그저 운이 좋았을 뿐이다. 언제든 사라질 수 있는 운이었다.

간호사로 일하며 나는 건강의 중요성, 아픔에 관한 경각심을 남들보다 조금 더 빠르고 친밀하게 깨달았다. 건강해야 하는 이유에 별다른 건 없었다. 새로 나온 요리를 내 입으로 맛보기 위해, 내가 사랑하는 사람을 만지기 위해, 친구들의 사는 이야기를 듣기 위해, 가족과 여행을 떠나기 위해. 그런 사소한 일상들. 단지 그뿐이다.

자신을 돌보는 일을 소홀히 여기는 사람들이 도처에 있다. 나보다 타인이 먼저인 사람들. 하지만 나를 소중히 여기고 건강히 만들어야 사랑하는 사람들의 옆에 오래 머물 수 있다. 그보다 중요한 건 없다.

#되도록_아프지_말기로_해

병은 과연 인간에게 평등할까

나는 미국 드라마 <빌리언스>를 인상 깊게 보았다. 이 드라마는 뉴욕 월 스트리트에서 일어나는 금융 거래 세계를 다루며, 어마어마한 부를 축적한 이들을 잡으려는 검사장을 중심으로 전개된다. 내가 사는 세상에서는 상상할 수조차 없는 액수의 돈이 나오기에 다른 세상 이야기다.

에피소드 중에 금융 거래로 부를 쌓은 인물이 그의 재산은 모두 피 묻은 돈이라며 사람들로부터 비난을 받는 이야기가 있다. 9.11 테러 당시, 소방관들이 죽음을 무릅쓰고 현장으로 들어설 때, 주인공은 그 순간이 주식을 할 적기라고 여겨 투자했고 많은 돈을 벌었다. 그리고 그 돈이 자신의 회사를 설립하게 만드는 기반이 되었다. 아이러니한 건 모두가 그의 돈이 더러운 것이라고 비난하면서도 그의 돈을 가지기 위해 노력한다는 것이다. 내 소유물이 아닌 돈처럼 더럽고, 내 소유물인 돈처럼 깨끗한 것도 없나 보다.

이렇듯 돈은 참으로 아이러니하다. 한 인간의 본질과 민낯을 보여준다. 그러나 분명 이 '돈'은 건강에 커다란 영향을 미친다. 병원에서 일하며, 수많은 환자와 생사고락을 함께하며, 고작 '돈' 때문에 인간의 삶이 뒤흔들린다는 것을 새삼스럽게 실감하곤 했다. <빌리언스> 속 인물들처럼 막대한 금액도 아닌 그 돈이 삶에 막대한 영향을 미치는 것을 보았다. 가진 사람은 더 가지기 위해 악행을 저지르고 가지지 못한 사람은 병이 든다니.

아파서 온 병원에서 병원비라는 무시무시한 복병까지 감내해야 하는 상황은 환자들을 더 아프게 만든다. 우리나라가 의료 보험이나 서비스가 다른 나라에 비해 훌륭하다곤 하나, 그래도 병원비는 절대 만만치 않다. 입원비, 수술비, 검사비, 약값, 간병비로만 끝나는 게 아니다. 입원해 쉬는 동안 일하지 못하면 돈을 벌 수 없고, 아팠다고 해도 다시 먹고 살아야 하니 회복할 틈 없이 일을 해야 한다. 몸만 생각하며 살 수 없다.

현실적인 문제로 고민하는 사람들에 비해, 금전적 여유가 있는 사람들은 온전히 자신의 아픔과 치료에 집중할 수 있다. 회복에 몰두하고 퇴원 후에도 건강을 위해 신경 써서 일상을 관리할 수 있다.

물론 병은 사람을 가려서 오지 않는다. 누구나 아플 수 있다. 그러나 자신의 몸을 돌볼 여유가 있는 사람은 제 몸에 일어난 변화와 제 몸에 생겨난 무언가를 조금 더 빨리 인지해 발견할 수 있다. 유방암 또한 소득이 높은 사람들에게서 많이 발견되지만, 사망률은 소득이 낮은 사람들이 더 높다. 금전적, 시간적 여유가 있으면 정기 검진을 받을 테니 초기에 발견될 확률이 높을 수밖에. 그러나 먹고사는 문제에 직면해 있는 사람들의 경우에는 자연히 건강에 소홀해진다. 늘 자신을 뒷전으로 미루고 이 정도는 남들도 다 아프다며, 자고 일어나면 괜찮아질 거라고 아픔을 감내할 것이다. 뒤늦게 견딜 수 없을 만큼 아파져 병원을 찾았을 땐 그 병의 크기가 한 사람의 삶을 뒤흔들 정도로 커졌을 때다.

그래서일까. 아프지 않고 살아가는 것에는 참 많은 돈이 든다. 의료 혜택이나 보험이 잘 형성되어 있기 때문에 이

만큼이나마 보완이 되는 것이리라. 그래도 힘든 사람은 여전히 힘들다. 자신을 위한 시간을 내지 못해 마음껏 아프지도 못한다. 쉴 수가 없고 아플 시간이 없다. 회복할 시간이 없으니 바로 삶의 전선으로 뛰어들어야 한다. 나는 사람들이 점점 돈에 집착하게 되는 것도 우리 사회에 일어나는 수많은 아픔들과 연결되어 있다고 생각한다. 조금 더 잘 대처하기 위해, 조금 덜 아프기 위해, 물질적인 것을 혐오하면서도 물질로부터 자유로워지지 못한다.

이 세상에서 가장 공평한 것은 시간이라고 했다. 모두에게 똑같은 시간이 주어진다고. 하지만 나는 그 의견에 의문을 품는다. 우리는 때론 시간을 담보로 돈을 번다. 건강을 살필 시간에 돈을 벌고, 가족이나 친구 혹은 연인과 추억을 쌓을 시간에 돈을 벌며, 휴식해야 할 시간에 돈을 번다.

그래도 나는 안다. 그럼에도 우리는 그 시간을 낱낱이 쪼개 사랑을 하고 가족과 함께하며 행복을 찾고 있다는 것을. 그래서 나는 당신이 아프지 않았으면 좋겠다.

#마음껏_아플_권리

제대로 슬퍼하기 위해 사랑하자

중환자실에서 길지 않은 시간을 근무하는 동안, 그곳에서 내가 보고 듣고 경험한 기억들이 생생히 나에게 남았다. 그때의 기억은 문신처럼 새겨졌다. 중환자실에서 내가 마주하게 된 슬픔은 감히 글로 쓸 수도, 흉내내거나 표현할 수도 없는 종류의 것이었다. 의지와 상관없이 마음이 무너지고 그런데도 단 하나의 희망이 있다면 놓을 수 없는 간절함이었다.

당시에 나는 그들의 슬픔을 보고도 덤덤하게 내 할 일을 했다. 감정이 지나치게 메마른 것 같아 죄책감을 느끼기도 했다. 그런데도 여전히 몇 년이 흐른 지금까지도 그 환자들의 얼굴과 내가 마주했던 장면들이 잊히지 않는다. 잊지 못한 채 글로도 남기려는 것을 보면 아마도 나에게 그 슬픔이 전이된 모양이다. 다만 당시에는 몰랐던 것뿐. 슬픔은 후유증처럼 오래 남는다.

갑작스레 쓰러진 어머니로 인해 슬픔을 어쩌지 못하는 딸, 아들의 죽음으로 무너져내리는 아버지, 아프신 할머니를 바라보는 어린 손주들. 단지 그렇게 피상적으로만 바라보았다. 그러나 그들의 슬픔은 아주 복합적이라서 슬픔을 오로지 슬픔으로만 바라볼 수는 없다. 그 슬픔 속에는 환자와 가족들의 관계와 시간이 응축되어 있다. 환자와 보호자 사이에 존재하는 무수한 기억(설령 그것이 후회스러운 기억일지라도), 건강했던 시절의 웃음과 추억들. 그런 것들이 하나의 덩어리로 뭉쳐 슬픔이 된 것이다.

건강히 나와 함께하고 웃고 떠들었던 그 시간은 어디로 갔을까. 시간은 어쩜 이렇게 순식간에 흘러 젊던 얼굴에 주름이 가득하고, 건강히 두 볼을 채우던 홍조는 언제 이렇게 창백히 흰 낯이 되었을까. 금방이라도 잔소리를 늘어놓을 것 같은 입은 꾹 닫힌 채 아무런 반응이 없다. 사랑하는 사람의 정적 속에서 남은 사람은 허망함과 슬픔, 서러움, 안타까움, 후회, 나아가 분노까지 느낀다.

그러나 우리가 만나 하나의 인연이 된 것은 우연이 아니다. 우주에서 억겁의 시간 동안 물질들이 모이고 짐작할 수 없을 정도로 오랜 시간을 지나 우리가 우리가 아니었을 때부터 연결되어 무수한 시간과 환경을 뚫고 비로소 닿게 되지 않았을까.

아마도 그래서 헤어짐이 힘든가 보다. 그래도 그 헤어짐을 상상하면 하나의 길이 될 거라고 믿는다. 끝을 떠올리며 조금 더 후회 없이 사랑하고 살아갈 수 있을지도 모르니까.

#이별을_최대한_미루자

나는 그 사람이 슬프다

엄마!
엄마 들려?
엄마...
엄마
왜 누워있어
엄마
눈 좀 떠봐
엄마 가지마
엄마 아직
가지마
미안해
우리 딸, 울지마
엄마 가지마
가지마 이렇게
갑자기 가지마
딸, 미안해
정말 미안해

당신은 혼자가 아니다

아빠는 딸 바보다. 이제는 내가 너무 자란 탓에 본인을 '딸 바보'라고 칭하는 게 징그럽다고 했다. 그래도 아빠는 여전히 딸 바보다. 내가 어떤 순간에 처해 있든 언제나 나를 안쓰럽고 애틋하게 여기니까. 하루 종일 그림을 그리고 있는 나를 보면 안쓰러워하고, 간호사 일로 힘들어 풀이 죽은 나를 보면 그것도 짠해한다.

그렇게 안쓰러워하면서도 내심 딸이 자랑스러운지 여기저기 내 자랑을 하고 다닌다. (엄마는 그만하라고 말리지만 아빠는 멈추지 않는다.) 인스타그램 팔로워가 몇 명이고, 광고를 해달라는 요청이 얼마나 들어오는지, 덧붙여 책까지 쓰고 있다는 TMI를 구태여 친구들에게 전한다. 안타깝게도 아빠 또래 친구들은 인스타그램이 익숙하지 않고, 내가 하는 일에 대해서 잘 모르는데 말이다.

아빠가 나에게 건네는 애정은 때론 나의 자랑이자 자부심이 되었다. 그 기억을 타고 타고 과거로 흘러가면 뇌리에 박힌 듯 떠오르는 '날'이 있다. 요즘에는 대부분 식당에서 회식을 한다. 하지만 예전(1990년대 후반~2000년대 초반)에만 해도 가정집에서 회식을 하는 경우가 잦았다. 아빠는 직장 동료들을 집으로 초대해 친목을 다지곤 했다. 왁자지껄한 분위기 속에서 술잔을 기울이고 이런저런 담소를 나누며 거실이 울리도록 웃었다. 흥이 오르며 술도 같이 오른 아빠는 액자에서 내 그림을 꺼내 동료들 앞에서 딸 자랑을 했다. "어린 애가 벌써 이런 생각을 한다니까" 하곤, 입이 아파질 만큼 내 그림을 설명했다. 아빠의 동료들은 예의상 호응해 준 듯하지만, 딸에 눈이 먼 아빠는 참 눈치가 없었다. 그 호응에 더 신이 나버렸으니 말이다. 그래도 나에겐 기분 좋은 기억으로 선명히 남았다. 나를 향한 아빠의 사랑을 두 눈으로 목격했으니까.

내가 간호사가 되어 사회의 쓰디쓴 맛을 보기 시작했을 때, 당시 엄마와 아빠는 남몰래 걱정이 많았다고 한다. 울면서 못한다고 들어오지 않을까, 사회생활을 잘 해낼 수 있을까……. 그런 고민들로 잠을 설친 나날들이었다고. 아마 눈치도 없고 빠릿빠릿하지 못한 나를 누구보다 잘 알고 있었기에 걱정이 더 많았을 것이다. 남들이 보지 못하는 내 장점을 봐주는 만큼 다른 사람들은 모를 내 단점마저 누구보다 정확히 알고 있으니까. 혹시나 했더니 역시나. 역시 일이 힘들었다. 적응하지 못해 꽤 오랫동안 우울에 빠져 있었다. 항상 나와 함께하는 엄마는 내 감정에 동화되어 나를 걱정하느라 감정적으로 많이 지쳐했다. 고민하던 엄마는 아빠에게 내 이야기를 했다. 내가 직장에서 힘들어한다고. 그리고 어느 날, 예고도 없이 아빠에게서 갑작스레 전화가 걸려왔다.

"병원 일 때문에 힘들어? 우리 딸이 누구한테 괄시받고 있는 건 아닌지 걱정돼서 전화했지."

애써 괜찮다고 답한 뒤 급하게 전화를 끊었다. 전화를 끊자 왈칵 눈물이 터져 아이처럼 울었다. 그때 나는 잠에서 깨 잠들 때까지 우울했다. 출근을 하기 위해 일어나 버스를 타면, 내가 탄 버스가 사고라도 났으면 좋겠다고 생각하던 시기였다.

처음이었기 때문이다. 내가 들을 수 있고 볼 수 있는 공간에서 남들이 나를 뒷담화(앞 담화라고 해야 하나)하는 상황에 놓이게 된 게. 심지어 그런 상황에 놓였음에도 아무것도 하지 못한 채 가만히 앉아서 나를 향한 조롱과 비난을 들을 수밖에 없었다. 그러고 나면 몸과 마음이 더 움츠러들어서 하지 않을 실수를 하고 나에 대한 확신 없이 일을 해야 했다. 그렇게 이 모든 고통이 끝날 날만을 기다리게 되었다. 타인이 무자비하게 쏟아붓는 비난은 나를 잠식시켰다. 나마저 한없이 나를 미워하고 증오하고 바닥 깊이 가라앉아 스스로를 혐오하고 말았으니.

그렇게나 힘들었다. 어쩌면 누군가는 지금 겪고 있을지도 모르는 상황이다. 그때를 돌이켜 생각하자면, 그 시기에 나를 버티게 해준 것은 나를 사랑하고 믿는 사람들이었다. 엄마가 매일같이 나를 걱정하고 있단 것을 알았고, 평소엔 자주 전화하지 않던 아빠가 전화를 걸어 안부를 묻고 다친 내 마음을 위로했다. 이유를 알 수도 없이 누군가의 미움을 받던 시기에 다행히도 무조건적인 내 편이 있다는 것을 알았다. 내가 힘이 들면 함께 힘들어하며, 난관에 봉착한 내가 주저앉지 않기를 목청껏 응원하고 있는 이들이 있다는 것을 알게 되었다. 툭툭 뒤로 밀려날 것 같을 때 누군가 내 뒤를 단단히 지키고 서 있는 것. 그것이 나의 자존감이자 자신감이 되었다.

그 일을 겪으며 나는 사람이 얼마나 쉽게 상황에 매몰될 수 있는지를 알게 되었다. 그 상황이 내가 처한 나의 전부가 될 것 같고, 절대 나아갈 수 없을 것만 같으며 이대로 끝일 것만 같은 절망적인 감각을 느꼈다. 그런 시기엔 곁의 사람들이 잘 보이지 않을 수 있다. 힘내란 말을 듣게 되더라도 삐뚠 시선으로 바라보게 되고 이 세상에 나 혼자만 남겨진 것 같은 고립감을 느낀다. 그러나 그렇지 않다. 아무리 당신이 혼자인 것 같아도 당신은 혼자가 아니다. 이건 가족이나 친구, 연인에만 한정 지어 말하는 바가 아니다. 분명 당신에게 도움을 줄, 당신을 지지해 줄 사람이 있을 것이다. 그러니 눈앞이 깜깜할 땐 심호흡을 크게 한 번 하고, 주위를 둘러봤으면 좋겠다.

당신은 혼자가 아니다. 설령 혼자 같을지라도.

#우린_사랑받는_존재거든요

책임감 있는 어른이 되려는 노력

같은 업무라고 해도 병원마다 업무의 강도가 다르다. 앞서 언급했지만, 나는 강도가 높다고 할 수 있는 중환자실에서 직장 생활을 시작했다. 그전까지는 아르바이트 경험조차 없었기 때문에 병원이 내 사회생활의 시작점이라고 할 수 있다. 의외로 그래서 상처를 덜 받을 수 있었다. 업무 강도가 세고 사람들은 차가웠지만, 말 그대로 나의 '첫' 사회 입성이었기 때문에 다른 데도 다 이럴 줄 알았다. 다른 곳에서 직장을 다니는 친구들도 다 힘들어하니, 같이 근무하는 동료들도 다 힘들어하니 나 또한 힘든 것이라고, 그렇게 생각하면서 다녔다.

그런데도 번아웃은 불시에 회복 불가능한 형태로 찾아왔다. 엄청난 우울감과 동시에 삶에 대한 회의감을 느꼈다. 그러려니 했던 것들이 일순간 몸을 불리고 후폭풍처럼 나를 덮쳐왔다. 아무렇지 않다고 생각했는데 아니었나 보다. 말로 형용할 수 없을 만큼 지치고 힘들었다. 무엇보다 최소 20년을 이렇게 살게 될 거라는 막막함이 나를 암담하게 만들었다.

왜 20년이냐고? 간호사라는 직업의 놀라움(단점)은 막 입사한 신규든 20년 차 간호사든 업무량과 대우는 크게 달라지지 않는다는 점이다. 그래서 연차와 상관없이 간호사들은 모두 지쳐 있었다. 나는 이 직장에서 10년, 20년 똑같은 하루를 반복해야 한다는 사실에 일종의 염증을 느꼈다. 앞서 언급한 것처럼 체력이 바닥나니 손가락 하나 까딱하기도 힘들었다. 기분 전환할 기력도 없어 출근 외 시간은 집에서 쉬기만 했다. 물론 모두가 나 같진 않을 것이다. 일하면서 취미와 여가를 즐기며 사는 사람들도 많으니까. 그러나 그 속에 나는 포함되지 않았다. 하고 싶은 건 많았지만 체력이 따라주지 않았다.

하고 싶은데 할 수 없는 상황은 나에게 엄청난 절망감을 안겨주었다. 이렇게 아무것도 못하게 되는 건가, 라는 두려움이 고개를 들자 '그러려니'가 안 되었다. 그렇게 1년 만에 과감히 첫 직장을 그만두게 되었다. 후에 나는 다른 일자리와 직업을 찾아보기도 했다. 심지어 해외로 나가는 방법까지 알아보았다. 하루라도 빨리 수렁에서 벗어나고 싶어서 온갖 방법을 모색했다.

1년 만에 위기에 봉착한 나는 한 직장에서 30년을 근무한 아빠에게 경외심을 품게 되었다. 심지어 그때는 주 6일제이기까지 했다. 저녁 있는 삶, 가족과 함께하는 삶은 꿈도 꾸지 못했던 때였다. 당시엔 노동자의 휴식이 보장되지도 않았고 마음대로 휴가를 쓰는 분위기도 없었다. 그런데 어떻게 한 직장을 30년이나 다닐 수 있었던 걸까? 아빠도 나처럼 힘들었을까?

사회의 쓴맛을 볼수록 부모님을 존경하게 된다던데 나 역시 그랬다. 어떻게 자식을 둘이나 낳아 키우면서 아파트와 차를 사고 적금을 모으면서도 직장 생활을 계속할 수 있었을까?

"그땐 다 그렇게 살았어. 나도 그렇게 살아야 하는 줄 알았지, 뭐."

엄마는 덤덤히 말했다. 그런데 나는 왜 이렇게 힘든 거지? 나만 이렇게 힘든 걸까? 어쩌면 엄마와 아빠에게 책임감은 아주 강한 버팀목이 되었을지도 모른다. 아마도 그 버팀목을 끝까지 놓지 않고 꼭 껴안고 살아오신 게 아닐까. 과연 나도 해낼 수 있을까? 아직 간호사라는 직업 하나로도 허덕이는 내가 책임감을 가지고 삶의 무게감을 견디며 살 수 있을까?

이런 고민들이 나를 성장하게 하는 원동력이 되는 것은 분명하다. 내게 주어진 일을 해내면서도 내 삶의 무게를 짊어지기 위해 노력할 것이다. 나의 삶을 잘 책임지는 일이 지금 나의 목표다.

#돈_버는_게_적성에_안_맞아요

약간의 거리를 두자

인간관계에 관한 고민을 누구나 한 번쯤은 할 것이다. 나는 그런 고민으로부터 다소 자유로운 편이었다. 때론 운이 좋다고 느낄 만큼. 무디고 무신경한 편이라 살가운 구석도 없는데 다행히도 나와 결이 맞는 친구들과 함께할 수 있었다. 그러나 사회생활은 맞는 사람들보다 맞지 않는 사람들과 걸음을 맞춰나가야 할 때가 더 많다. 나와 잘 맞는 사람들보다 맞지 않는 사람들을 더 가까이서 오래 보게 되니 여간 힘든 게 아니었다.

맞지 않는 옷에 몸을 끼워 넣고 있으면 움직이기도 숨쉬기도 불편하고 옷감도 상할 수밖에 없다. 인간관계란 옷과 같다. 저마다 사이즈가 다르고 취향이 다르며 옷을 선택하는 기준이나 그날의 기분에 따라서도 입고픈 옷이 달라진다. 다만 나와 어울리지도, 맞지도 않는 옷을 입게 된다면 자연스레 자존감이 떨어진다. 내가 그랬다. 나와 맞지 않는 사람들 사이에서 지낼수록 자존감이 떨어졌다. 그 사람 눈에 내가 바보 같고 멍청해 보일 거라고 걱정하며 눈물을 쏟기도 했다.

웬만해선 술을 마시지 않는 내가 혼자 맥줏집을 찾은 적도 있었다. 대학 동기 언니에게 전화해 엉엉 울며 갖은 진상을 부렸다. 그 작은 가게에서 전화기를 붙들고 울다니. 내가 부족해서 민폐를 끼치는 것 같다, 그 사람들이 나를 참아주는 것 같고 내가 모자라서 너무 힘이 든다고. 더듬더듬 속내를 쏟아내며 울었더니 언니가 이렇게 말하는 것이다.

"그 사람들만 널 참아줘? 너도 그만큼 그 사람들 참아주잖아. 서로 참고 있는 거라고."

나의 부족함을 탓하고 자책하기 바쁘던 와중에 언니의 말은 큰 위로가 되었다. 그렇지. 그들이 견뎌야 하는 만큼 나도 견디고 있다. 왜 그렇게 생각하지 못했을까? 타인의 관점에서만 생각하고 내 노력은 들여다보지 않았다. 언니의 말은 나를 들여다볼 수 있는 망원경이 되었다. 치유된 느낌이 들었다.

적응이 더디고 일도 어리숙하던 신규 간호사 시절에 다른 선배 간호사들이 나를 많이 이해해 준 것은 사실이다. 그러나 처음부터 완벽할 수도 없다는 것을 알아두면 좋다. 신입이 처음부터 너무 잘해도 정 없는 법이니까. 실수를 이어가지 않으려고 노력하면 되지, 실수 한 번에 세상이 무너진 듯 자신을 질책할 필요도 없다. 조금 더 스스로 당당해져도 괜찮다. 맞지 않는데 억지로 맞추려 하지 말기를. 상대를 이해하기 위해 나를 틀린 것으로 만들 필욘 없다. 그저 서로 이해하지 못한 채로 안전 거리를 두면 된다. 이해하지 말자. 생긴 대로, 살던 대로 그렇게 그냥 있자.

#안전_거리_확보_요망

직장인의 비애

직장인과 학생의 가장 큰 차이점은…
꺅꺅꺅꺅
아서라 애기야…
학생 땐 원하는 친구들 하고만! 어울린다.
우리 짝수거든? 미안! 들어오지 마.
직장인은 서로를 혐오해도 같은 공간에서 대화를 하고 인사까지 해야 한다!
안녕하세요! 오늘 쌀쌀 하네요!
네! 감기 조심하세요!
학생일 땐 말도 안 섞었을 사람인데…
그거 들었어요? 정말 웃기죠? 하.하.하.
하! 하! 하! 재.미.지.다!

그래. 저 사람도 내가 싫겠지.
날 싫어하는데 그냥 더 싫어하게 만들어 버리자!!
어휴- 그런 걸로 힘 빼서 뭣하냐…
그것도 체력이 남아돌아야 하는 짓이지…
그냥 복권이나 사자.
연금 복권…
고르세요~

나를 지키기 위한 선택을 할 것

직장인은 대부분 정해진 시간에 출근과 퇴근을 하고 정해진 시간에 점심을 먹는다. 하지만 간호사가 되면 사정이 달라진다. 바로 3교대라는 근무 형태 때문이다. 일반적으로 3교대는 하루를 8시간씩, 3조의 근무자로 나누어 24시간 동안 풀로 가동한다.

절대 쉽지 않다는 이야기를 누누이 들었기에 3교대 발령 후 나름의 각오를 했다. 사전의 각오가 무색하게 막상 경험하게 되니 생활이 제대로 안 되었다. 말 그대로 최악이었다. 일하는 시간이 계속 바뀌는 것보다 수면 패턴이 불

규칙해지는 것이 더욱 힘들었다. 수면 시간을 컨트롤하는 건 불가능했다. 무슨 수를 써도, 어떤 짓을 해도 적응이 되지 않았다. 인간의 몸은 로봇이나 기계가 아니라서 스위치 하나로 작동되지 않는다. 마음대로 켰다 끌 수 없었다. 특히 나이트 근무가 힘들었다. 유달리 잠이 많았던 나는 공부에 열을 올리던 학생 시절에도 밤을 새운 적이 없었다. 그런데 밤을 새워서 일하라니. 내가 지켜온 삶의 규칙과는 크게 어긋났다. 그래서인지 나이트 근무 전에도, 후에도 잠을 잘 수 없었다. 수면 시간과 질이 급격히 떨어지니 체력도 뚝뚝 떨어졌다. 수면은 삶의 질에 막대한 영향을 끼친다. 더불어 건강에도. 이런 생활이 이어지며 나중에는 심장 부근에서 통증을 느끼기도 했으니 말 다 했다. 그런 상태에서 제대로 된 식사를 할 수 있을 리가. 소화가 안 되고 속이 더부룩해서 밥 먹는 것도 곤혹이었다.

그래도 3교대만이 누릴 수 있는 장점은 확실하다. 남들이 일하는 시간에 쉴 수 있다는 것. 일반 직장인보다 아주 약간이지만 휴가를 쓰는 데에 조금 더 자유롭기도 하다. 물론 모든 병원이 그렇다고 장담할 수는 없다. 체력이 좋고 수면 시간에 큰 영향을 받지 않는 사람들이라면 3교대의 장점을 활용해 다양한 활동을 누릴 수도 있을 것이다.

나는 그렇지 못했지만.

3교대를 20년 동안 하는 간호사들은 도대체 어떻게 버틴 걸까? 이런 궁금증이 커지던 무렵에 선배 간호사들과 이야기를 나누게 되었고 화들짝 놀라버렸다. 나이트 근무 후에는 육아 활동으로 출근한다는 것이다. 그리고 늦은 오후까지 아이들을 놀아준다고 했다. 그게 가능한 걸까? 강철 체력이 아니고서야. 존경할 수밖에 없다. 비실비실 약골에다가 저질 체력인 나는 중환자실에서 3교대 근무를 할 무렵엔 잠깐 밖으로 놀러 다닐 체력도 없었다. 덕분에 적금을 제외하고 모아둔 생활비 통장에도 돈이 쌓여갔다. 돈을 쓸 일이 없으니 생활비 통장에만 600만 원이 넘게 쌓였다. 역시 아무것도 하지 않고 사지 않으며 놀지도 않으면 돈을 모을 수 있구나.

3교대 근무가 익숙해지던 시기에 나이트 근무가 끝나고 집으로 가다가 문득 '평생 이렇게 살아야 한다고?'라는 순수한 의문이 들었다. 과연 내가 이런 패턴에 소모되지 않을 수 있을까? 아무것도 하지 않고 사지 않으며 놀지도 않는 삶은 나의 하루와 인생을 얄팍하게 만들었다. 남길 것이 없는 일상이 되었다. 더 정확히 말하자면, 나의 일상이 사라졌다. 그러자 오한이 들었다. 이 일은 나에게서 절대 익숙해지지 않겠구나. 연차가 쌓여도 그리 달라지지 않겠구나. 그렇다면 이대로는 안 된다. 피로감으로 하고픈 것을 미뤄두고 일을 반복하다가 결혼이라도 하면……. 그 삶은 내가 꿈꾸는 삶이 아니었다. 나는 조금 더 나답게, 내가 좋아하는 일상을 좋아하는 사람들과 누리며 살고 싶었다. 그래서 3교대를 하지 않는 방법으로 퇴사를 택한 것이다.

내 삶을 지키기 위해 그만둬야 할 때를 아는 것도 중요하다는 것을 깨달은 순간이었다.

#만병통치엔_사직서

쉼 없는 하루 속에서

비가 오나 눈이 오나 나의 일을 하네

이것저것 다 오르는 와중에 가장 큰 문제는 역시 내 월급은 그대로라는 것이다. 성과금이니 보너스니 뭐니 이런 건 다 대기업에나 해당되는 내용이고, 내 경우엔 세금만 늘고 있다. 문제에 문제가 더해져 세상엔 재밌는 게 참 많다. 젊은이들의 놀이에 기웃거리며 요즘 학생들 사이에서 인기라는 곳을 따라가 보면 순식간에 빈털터리가 된다. 다들 돈이 어디서 생긴 거야? 10대 친구들이 이렇게나 많이 쓴다고?

쪼들리고 통장 잔고 눈치가 보이는 삶이지만, 이렇게라

도 삶을 영위할 수 있으면 다행이다. 적어도 (휴전 국가긴 해도) 전쟁은 안 났으니까. 21세기에 전쟁이라니. 여전히 전쟁이 진행 중인 나라가 있고, 전쟁이 시작된 나라까지 있다니. 시대가 어느 땐데 아직도 전쟁을 통해서 원하는 바를 성취하려 드는 것인가 싶다. 사람들은 먼 나라에서 전쟁이 일어나면 조금 안타까워는 하지만, 자신과는 무관한 일이라 여기며 때론 안심하기까지 한다. 그 나라에 이런 일이 일어났다더라. 사람이 몇이나 죽었다더라. 폭탄이, 범죄가……. 여러분, 정말 전쟁과 우리가 무관할까요?

전쟁은 긴밀하게 여기저기로 연결된다. 사람이 죽어나가는 와중에 다른 나라들이 아무런 영향도 받지 않을 수가 없다. 예전과 달리 미디어를 통해서 전쟁 상황이 중계되니, 분명 아주 멀리 떨어진 나라인데도 곁에서 일어난 일인 듯 생생하게 느껴진다. 나라 간의 긴장감이 고조되고 전쟁을 일으킨 나라를 향한 문제의식은 무역과 물가에도 영향을 미친다. 즉, 다른 나라에서 일어났다고 해서 전쟁이 꼭 남 일은 아니라는 것. 일부 권력자들의 이기심은 이렇게 세상에 큰 파장을 일으킨다. 그리고 전쟁의 여파를 감당하는 것은 역시 전쟁을 원하지 않았던 평범한 소시민들이다. 이럴 수가. 한 번 일어난 전쟁은 되돌릴 수 없고 한 번 오른 물가도 마찬가지라니.

누군가는 어떤 영향도 받지 않을 것이다. 아니, 어쩌면 누군가는 혼란을 틈타 장사를 하고, "지금이 바로 주식을 할 때야!"라고 외치기도 할 테니까. (그래도 표면적으로 드러내거나 자랑거리 삼지는 않았으면 좋겠다. 솔직히 자랑은 아니니까. 공감 능력의 부재를 굳이 티낼 필요 없다.)

세상이 혼란으로 가득하고 온갖 시끄럽고 두려운 소식들이 들리는데 열심히 할 일을 하며 자그마한 돈을 버는 나를 보고 아빠는 소작농이라고 했다. '병원'에서 일하고 '인스타그램'에 그림을 그려 올리는 나는 대기업의 인기를 유지시켜 푼돈을 받는 것이니까. 슬프지만 맞는 말이다. 소작농들에게는 대지주의 땅이 절대적으로 필요하단 말이지. 이렇게 소작농들이 열심히 일해 곡식을 불려주면 그 곡식으로 지나치게 놀고먹으시는 그대들, 작작들 하시라. 이상, 이미 충분히 남들 등골 빼먹으며 배를 불려놓고 더 욕심을 내면 그 배가 이윽고 터지지 않겠어? 소작농의 소감이었다.

그래도 소시민인 우리는 열심히 산다. 주어진 삶이니까.

#비바람_자제_좀요

못났다고 생각하는 순간 우린 못나진다

나는 외모에 관한 관심이 현저히 낮은 편이다. 옷이나 유행에는 다른 사람들이 신기해할 정도로 관심이 없다. 지금도 크게 다르진 않지만 과거에는 더 심했다. 물론, 내심 잘 꾸미고 싶고 유행을 따라 가고 싶다는 열망이 있기도 했으나 모든 건 내 귀찮음 앞에서 무용지물이 되었다. 학생일 때도 그랬다. 대부분 학생 때는 성적과 외모에 관한 고민으로 분주한데 나는 후자는 아예 내려놓았다.

그렇다고 한평생 외모 고민이 없었냐 하면 그렇지도 않

다. 처음으로 외모에 나만의 관점이 생기고 생각을 하게 된 건 7살 무렵이었다. 못남과 예쁨 같은 어떤 이분법적인 사고가 아니라, 저마다의 차이점을 인식하고 발견하게 된 시기였다.

시간이 아주 조금 더 흘러 초등학생이 되었을 때, 하나 둘 아이들은 급격한 성장을 맞았다. 2차 성징으로 인해 키가 부쩍 자라고 골격과 지방의 두께가 달라졌다. 통통하게 볼살이 올라 있던 나도 학년이 올라갈수록 키가 커지고 살이 빠지고 있었다. 당시 나와 함께 놀던 친구들은 마른 체형의 아이들이었다. 하루는 멋을 잘 내던 친구가 허벅지 사이가 붙으면 안 된다는 충격 발언을 했다. 그 말을 듣고 나서 처음으로 내 허벅지가 굵다는 생각을 했던 것 같다. 사람마다 뼈대와 체질, 체형이 다 다른 것인데 말이다.

외모에서 완전히 자유로울 수 없었던 이유에는 주위의 시선뿐만 아니라 다른 이유들도 참 많았다. 외모지상주의로 점철되어 미의 기준을 내세우는 사회에 대중매체는 그들이 생각하는 '예쁨'을 유해할 정도로 노출시킨다. 어느 날 TV를 보는데 광고에 내 또래 아이가 나왔다. 내심 타인의 관심이 고픈 나이였기에 나도 저 아이처럼 TV에 나와 수많은 애정을 받고 싶었다. 그렇게 그 아이를 가만히 들여다보니 나와 생김이 다른 것이다. 커다란 눈에 쌍꺼풀이 짙었고, 곱슬머리인 나와 달리 그 친구들은 잔머리 하나 없이 단아한 직모였다.

외모나 미의 기준에 대해 한 번 인식하게 되면 쉽게 생각을 떨치기 힘들어진다. 사춘기에 접어들며 나는 본격적으로 인기 많은 친구들을 부러워하기 시작했다. 내게 친구가 많지 않았던 이유는 외모가 아니라 사교성이 부족한 성격 탓이었건만 당시에는 내 외모 때문이라고 확신했다. 그렇게 외모에 대한 자신감이 뚝뚝 떨어졌다. 내 몸과 얼굴이 마음에 들지 않았으며 타인과 나를 끊임없이 비교했다. 이렇게 나를 늘 저울 위에 올려두니 불안하고 암담했다. 다른 사람들과 마주하는 것도 두려워졌다. 나보다 타인의 시선을 더 신경 쓰게 되었다. 그들이 나를 처음 볼 때, 내 외모를 보고 어떤 생각을 할지를 고민했다.

'내 단점이 보였겠지? 나를 안 좋게 생각하겠지?'

어린 마음에 나는 누군가의 장점과 나의 단점을 비교하며 나를 점점 더 작고 보잘것없는 존재로 만들었다. 옆 반의 예쁘고 인기 많은 애, 같은 반의 공부도 잘하고 성격까지 좋은 귀여운 애, 그런 아이들과 나를 끊임없이 비교하다 보면 한없이 아래로 아래로 내려가는 기분이 들었다. 이렇게 우울한 상태로 쭉 살아야 된다고? 까마득했다. 어른이 된다는 건 제법 우울한 일이라고 생각했다.

그 과정에서 내가 외모에 매달리지 않게 된 것은 알게 되었기 때문이었다. 외모만큼 일시적이고 소모적인 가치는 없다는 것을 깨달았다. 나는 자라고 자라 그 시절의 내가 떠올렸던 '어른'의 나이에 다다랐다. 외모에 대한 강박이나 고민을 많이 내려놓았고, 귀찮은 것으로 치부해 어디 뒷방으로 밀어두었다. 이제 나는 외모가 나의 모든 것을 대변하지 않는다는 사실을 알고, 외모에 신경을 쓰는 대신에 그보다 더 중요한 가치들을 신경 쓰기로 했다. 공부, 취직, 사회생활 같은 것들. 거울만 보며 살고 싶지는 않았다. 그보다 더 중요한 것들이 훨씬 많으니까.

속상한 점은 남들보다 외모에 관심이 없는 나마저도 외모 강박에서 완전히 자유로워지지 못했다는 사실이다. 나는 아직도 가끔 거울 앞에서 오래 고민한다. 하지만 이젠 외모가 전부는 아님을 알고 있어서 이내 벗어날 수 있다. 한 인간을 더 멋있게 만드는 건 자신감과 태도니까. 어깨를 펴고 당당하게 눈을 맞추고 인사를 건네면 그것만으로 그 사람에 대한 호감도가 올라간다. 나에게 당당하면 남에게도 당당해진다.

솔직히, 외모로 타인을 쉽게 평가하려 드는 사람이 문제 아닐까? "저 사람은 못생겼으면서 왜 저렇게 당당해?"라고 말하는 사람이 있다면, 그 사람이 개념이 없는 거라고 나 또한 당당히 말할 수 있다. 사회가 주입한 외모 강박, 그로 인한 유해한 고민들. 나는 그것들이 누군가의 삶을 좀먹지 않기를 바란다. 우리는 언제나 어떻게든 당당할 수 있다. 어깨를 펴고 걷지 않을 이유가 없다.

#내가_제일_잘나가

나는 나의 길을 간다

쟤들은 이쁘구
인기도 많고
공부도 잘하구…
이쁘고 똑똑하고
완벽한 사람들
너무 많다…
나는 중학생 때나
지금이나 달라진 게
하나도 없네…
달라진 것도 없고
자라지도 못한 내 마음
더 못났다.
의연해지지도 않고
그렇다고 피나게
노력한 것도 없고…
극복을
못하는 걸까?
난 영원히 자격지심 속에서
살아가야 되는 걸까?
안돼! 평생?
그럴 순 없어!
그렇게 늙긴
싫어!
인정하자! 맞아!
나 모자란 부분 많아!

열등감
어쩔 거야. 없앨 수 없다면 인정하고 내 일이나 열심히 더 열심히 해야지.
가끔 가다 열어보긴 하지만…
열등감
그냥 쭉 가자. 내 길만 가자.
언제나 같이 가는 친구로 동기부여가 되는 원천으로 가지고 다니면서 열심히 살아야지…
인사혀- 내 친구여-
많이 가벼워졌어~

나에겐 행복할 권리가 있다

그런 날이 있다. 불쑥 찾아든 우울이 도저히 나에게서 떨어지지 않을 때. 우울은 내 등에 착 달라붙어 어깨를 짓누른다. 부정적인 말과 목소리, 단어들로 머릿속이 가득 찬다. 우울을 겪어보지 않은 사람도 있을 것이다. 하지만 겪어본 사람이라면 누구나 공감할 수 있듯이, 우울감에 잠겨 허우적대다 보면 어느덧 나에게서 우울이 뚝뚝 흐르는 것만 같은 기분이 든다. 어째서 나는 늘 이렇게 찌질할까. 왜 여전히 같은 굴레에 갇혀 있을까. 왜 나아가지 못할까. 어째서 달라지지 못할까. 딱히 나를 신경 쓰지 않는 사람들을 시기하고 질투하는 이유는 뭘까. 왜 자꾸 나와 타인을 비교할까. 나에게 타인은 언제나 잘난 사람이고, 나 자신은 변함없이 초라한 사람이구나. 그래, 그런 생각들.

나를 가장 괴롭게 만든 것은 이런 생각에서 벗어나지 못한 채 늙어갈지도 모른다는 두려움이었다. 나를 갉아먹은 생각들이 반복적으로 발생하면 결국 이 생각이 '나' 자체가 되어 흉측한 모습으로 굳어갈 테니까. 우울한 생각은 나를 더 우울하게 만들었다. 굴레에 갇힌 듯 쉽게 벗어날 수 없기에 우울이었다.

나에게 내뱉는 모진 말이 늘어날 때는 과거의 나를 소환한다. 지금의 내가 나에게 건네는 말들을 어린 나에게 건넬 수 있는지 자신에게 물어본다. 그럼 결론이 난다. 나를 갉아먹는 우울한 생각을 어린 내가 하지 않았으면 좋겠다.

나는 과거의 내가, 나보다 어린 내가 자신을 상처 입히지 않았으면 좋겠다. 당당하고 긍정적으로, 남들과 자신을 비교하지 않는 아이였으면 좋겠다. 자신이 하는 일에 확신이 있기를 바라고 실수를 해도 극복하기를 바란다.

그렇다면 지금의 나도 그렇게 살면 되는 게 아닐까? 그렇게 살아야 한다. 마흔 살이 된 나는 지금의 내가 어떤 모습으로 살기를 바랄까? 어떤 걸 후회할까? 정답은 생각보다 쉽게 나온다. 우울 속에서 허우적댄 시간이 우스울 만큼 나는, 내가 행복하기를 바란다.

우울 앞에 선 사람들이 있다면 스스로 질문해 보기를. 과거의 나를, 미래의 나를 한 번만 떠올려 보면 좋겠다. 쉽지 않다는 것도 알고 있다. 당장 우울에 갇혀 절대 나아질 것 없게 느껴질지라도 우리는 어느 누구보다 '나'의 행복을 바란다. 굳이 자신의 가치를 훼손할 필요 없다는 뜻이다.

지금 내가 나에게 건넨 모진 말을 과거의 나에게 건넬 수 있을까? 이 질문 하나만으로 많은 게 나아진다.

#행복_퍼가요~♡

우울이 지나간 자리

흠…
인스타그램 염탐 중
다들 간호사 일도 잘하고 있네… 큰 병원으로 이직도 하고 동료들이랑 잘지내네…
난 그렇게 열심히 공부해서 대학병원 가놓고 3교대가 힘들어서 그만뒀는데…
다들 잘 지내는구나… 월급도 잘 나오겠지? 누구는 꿀부서 갔다는데… 억울하다 나는 그냥 병원에서 도망나온 사람이겠지?
계속 이렇게 있으면 안돼! 정말 아무것도 아닌게 돼.
열심히 그림 그리자. 이게 제일 잘하는 거잖아.
인스타로 인기도 얻고 있으니 노 젓자. 더 열심히 하자.

퇴근하고 그림 그리고…
더 많은 사람들이 보게 만들자.
더 그리자. 계속 그리자.
어떻게 일도 하고 그림도 그리냐는 질문을 받아요.
정말 좋아서 열심히 한 것도 있지만
다른 생각이 들지 않게 무언가에 집중하고 싶었어요.
안힘들어? 간호사 일도 하고 그림도 그리고…
ㅎㅎ 좋아서요
정말 미친듯이 그렸고
덕분에 비교할 생각을 못했다.
그리고 전혀 예상치 못한
성과도 얻었다.
사람들 반응을 보면 다음 이야기는…
이야기 흐름을 어떻게 할까?
뭘 그릴까?
비교되고 우울해지고 내 처지가 비관적으로
느껴질 땐 미쳐버릴 무언가가 필요하다.
비교되게 만들었던 곳에 좋은의미로 미칠 줄이야
SNS
어느 순간 전혀 예상치 못한 곳에서
나를 지탱해주는 무언가가 만들어져있다.
힘들 때 그 자리에 머물러 있지 말고 뭐든 해보는 게 좋겠다.

락[樂]

나를 위해 살기로 했다

계속하는 것도 재능이다

대부분의 학생들처럼 나 또한 학교를 다닐 때 공부에 열을 올렸다. 그렇게 많은 시간과 문제집을 할애해 얻은 결론은 '나에게 공부 머리가 없다'는 진실이었다. 안타깝게도 나는 암기력이나 이해력이 좋지도, 눈치가 빠르지도 않았기 때문에 남들보다 더 긴 시간을 투자해 공부해야 했다. 공부한 만큼 성적이 나온 적도 없는데 스스로 신기할 정도로 포기하지 않고 열심히만 했다. 똑똑한 학생들은 왜 이렇게 많은지, 공부는 하면 할수록 힘들어졌다. 공부가 엉덩이 싸움이라는 말에도 동의할 수 없었다. 놀 거 다 놀고 잘 거 다자면서 공부한 친구들이 나보다 성적이 좋을 때가 많았다. '교과서만 보고 공부했다'라거나 '수업 시간에 집중했다' 라는 이야기는 나에게 물음표만 연발하게 하는 소리였다. 간호사가 되는 길은 어쩜 이렇게 멀고도 험한지. 공부할 과목이 많아도 너무 많았다. 공부에 대한 스트레스가 심해지며 결국 그 화살이 나를 향하기도 했다. 자괴감, 좌절감, 절망감. 나에게 만족할 수 없는 상황의 연속이었다. 울면서 공부하고 화내면서 공부하기를 반복했다.

그래서 포기했냐고? 아니. 나는 계속했다. 분명 계란으로 바위 치기 같던 시간들은 내게 일종의 고난과 역경이었다. 그럼에도 그 과정은 값진 경험이었다. 몇 년 동안 꾸준히 무언가를 해본 경험이 후에 어떤 일을 하든 좋은 밑거름이 되었다. 안 되는 걸 해보며 지구력을 길렀다. 혹시 이 책을 읽는 독자 중 성적이나 성취에 좌절감을 느끼는 학생 혹은 직장인이 있다면 위로해 주고 싶은 이유다. 열심히 노력했으나 남들보다 혹은 기대만큼 결과가 나오지 않아도 괜찮다. 훗날 돌아봤을 때 후회 없을 만큼, 나에게 부끄럽지 않을 만큼 노력했다면 그걸로 충분하다. 그때 얻게 된 끈기가 당신을 살게 할 것이다. 겁먹을 필요 없이 그때처럼 해내면 된다. 그러면 언젠가 어떻게든 무언가가 되어 있다.

공부는 나에게 참 어려웠고 이따금 한계를 알게 했다. 공부에는 재주가 없었지만 노력에는 재주가 있었던 모양이다. 무엇이 될지, 뭐라도 될지 고민인 나날들의 연속에서도, 우리는 반드시 '무엇'이 된다.

#포기는_배추_셀_때만

계속하는 존재

울컥
간호학과 애들은 왜 이리 공부를 열심히 할까
으허어엉
?야! 왜 울어!?
?
공부를 열심히 한다고 하는데 성적은 그냥그렇고.. 다들 공부에 대해 나만큼 스트레스 안 받는 거 같고 나만 이러는 거 같어
크흡ㅡ
나만 공부스트레스 받는 게 아니구나 우리 다 그러네..
지독한 간호학과

내 삶을 살 때 비로소 완벽해진다

비교에는 끝이 없다. 그걸 알면서도 한 번 비교하기 시작하면 '나는 왜 이것밖에 안 되는가'의 굴레에 갇히게 된다. 당장 나와 타인을 비교하는 일을 그만둬야 편해진다는 것을 알지만 그 얽매임에서 쉽게 벗어날 수 없다. 오히려 시간이 지날수록 비교의 병증은 더 깊어지기만 할 뿐이었다. 나는 그 상태로 대학교를 졸업했다. 간호사로 일을 시작하게 되었다. 시간 날 때마다, 때로는 시간을 내서 그림을 그렸다. 목표 없이 인스타그램에 올린 내 그림을 많은 사람이 보기 시작했다. 심지어는 좋아했다. 아무 생각 없이 시작한 일인데 많은 사람이, 뜨겁게 호응했다. 예상치 못한 변수가 내 삶에 생겼다.

비자님, 부러워요. 간호사 일도 열심히 하고 만화도 꾸준히 그리고. 저도 비자님처럼 되고 싶어요.

얼떨떨했다.

그 과정에서 지인들과 간호학과 동기들도 내가 그림을 그려 연재 중이라는 사실을 알게 되었다.

"원진아, 멋있다. 진짜 부러워."

늘 누군가를 부러워했던 내가 다른 사람의 부러움을 살 수도 있음을 그때 처음 알게 되었다. 나를 타인과 비교해 늘 낮은 곳으로, 더 아래로 보냈던 내가 누군가가 보기에도 꽤 괜찮은 사람이 되었다는 사실에 뿌듯함을 느꼈다.

그러자 알게 되었다. 내가 부러워한 누군가도 사실 그리 특별하지 않았을 수도 있겠다는 것을. 혹은 누군가를 부러워하기 바빴던 내가 사실 꽤 특별했을 수도 있다는 사실을. 우리는 그저 열심히 살아내는 사람들이었다. 본인의 속도로 본인의 삶을 살아내면 되는 것이었다. 그것만큼 멋진 인생은 없었다. 남과 나를 비교하고 부러워하는 마음이 완전히 없어지지는 않았다. 그래도 전보다는 그 에너지를 나 자신에게 쏟게 되었다. 나를 인정하고 내 삶을 살아내는 것. 그것보다 완전한 사람은 없으니까. 나만의 속도를 찾으면 타인과 나를 비교하지 않고도 나아갈 수 있다.

#완벽하진_않아도_완전하게

도전만큼 쉬운 것도 없다

'도전'이라는 단어 앞에서 사람들은 늘 망설인다. 도전을 지나치게 거창한 것으로 인식한 부작용이다. 솔직히 도전이 뭐 별건가. 그냥 안 해본 거 해보면 되는 거지. 늘 가던 놀이터 대신 옆 동네 놀이터를 한번 가보면 되는 거지. 늘 주문하던 메뉴 대신 다른 메뉴 한번 시켜보는 거지. 이렇게 내가 도전에 조금 더 과감해질 수 있었던 데에는 분명 아빠의 영향이 있었다.

사춘기를 앓고 있었던 무렵, 몸도 마음도 한창 자라던 혼란하고 혼잡한 중학생 시절, 아빠가 대뜸 미국으로 가족 여행을 가자고 했다. 미국이 얼마나 먼 나라인지 가늠해 보기도 전에 일사천리로 여행이 준비되었다. 나는 여행이, 그것도 해외여행이 그렇게 갑작스럽게 이루어질 수 있음이 차마 믿기지 않았다. 그때만 해도 여행을 가려면 비자 발급을 받아야 했고, 그러기 위해선 반드시 서울로 가서 대면 면접을 봐야 했다. 당시 우리 가족은 전라남도 광양에서 살고 있었다. 비자도 서울에 가서 받아야 했던 시절에 KTX가 있었을 리가. 엄마는 비자를 발급받기 위해 아침 일찍 집을 나섰다. 허리가 아플 만큼 버스를 타고 서울로 갔지만, 발급처에서 비자 발급에 대해 부정적으로 말했다고 한다. 버스를 얼마나 오래 타고 대기는 또 얼마나 길었겠는가. 엄마는 이 머나먼 서울까지 또 와야 할 수도 있다는 아찔함에 화가 난 나머지, 그 자리에서 곧장 따졌다. 평소엔 소심해서 컴플레인도 제대로 못 거는 엄마였다. 덕분인지(?) 다행히 그날 무사히 비자를 발급받을 수 있었다.

비자가 나오자마자 아빠는 일주일간 휴가를 냈다. 지금도 연휴를 끼지 않고 일주일 연달아 휴가 내는 게 쉽지 않은데, 주 6일제에 야근까지 당연하던 시기에는 더 쉽지 않았다. 그래도 아빠는 꿋꿋하게 휴가를 냈다. 자식들에게 조금 더 넓은 세상을 보여주기 위해서 그 어려운 걸 해냈다.

지금 같으면 블로그나 인스타그램을 통해 정보라도 쉽게 찾아볼 수 있을 텐데 당시에는 자료 찾기가 정말 힘들었다. 여행이 활발하던 시기도 아니었다. 정말 책으로, 여행서를 뒤적이는 게 할 수 있는 전부였다. 여행사를 통해 간 것도 아니었다. 그러니까 우리 가족은 정말이지 우리 가족끼리 미국으로 떠났다.

능숙한 영어 실력을 가진 것도 아닌 아빠에게 무슨 용기가, 어떤 자신감이 있었는지는 아직도 모르겠다. 여행 책자 하나 든 채 미국행이라니. 밤낮이 뒤바뀌는 시차를 처음 경험한 탓에 심지어 나는 여행 내내 잠에만 취해 있었다.

그래서인지 미국 여행에서는 잠만 잔 것 같다는 생각도 들지만, 확실히 새로운 환경은 많은 걸 보고 느끼게 했다. 인종이 다르고 언어가 달라도 우리가 그저 다 같은 사람이라는 것을 인식하게 해줬으니까. 어린 날의 깨달음이 타인을 조금 더 열린 마음과 편견 없는 시선으로 바라볼 수 있게 만들었다. 더하여 영어에 대한 경계심이 사라졌다. 누군가는 '집안 기둥을 뽑는 비용을 들인 것치고는 참 별 배움 안 남았네!' 할 수도 있다. 그러나 나는 아빠의 도전이 내 도전의 시작이 되었음을 확신한다.

그 여행 덕에 나는 영어 캠프에 갈 수 있었고, 남들이 영어 작문을 눈치 보며 어려워할 때 (문법은 모두 무시했지만) 당당히 나만의 문장을 적어낼 수 있었다. 잘하지 못해도 당당할 수 있었다. 나와 다른 타인을 편견 없이 바라볼 수도 있었다. 용기라는 것이 생각보다 별 게 아니라는 것을 알게 되었다.

언젠가 엄마에게 물어봤다. 왜 그때 미국 여행을 갔냐고. 엄마가 곰곰이 생각하다 꺼낸 대답은 이랬다. 당시 아빠는 출장 때문에 해외에 나갈 일이 몇 차례 있었고, 그 출장을 통해 많은 것을 느꼈다고 한다. 얼마나 세상이 넓고 다양한지를 우리에게 보여주고 싶어 미국 여행을 결심했던 것 같다고 했다. 이만하면 당시 아빠의 여행 목표는 달성한 듯싶다.

혹시 무언가에 심리적인 경계심, 어려움으로 망설인다면 그냥 해버리는 걸 추천한다. 생각보다 별거 아닐 확률이 굉장히 높다. 그 속에 들어가서 죽이 되든 밥이 되든 최선을 다하고 아니다 싶으면 그만하면 된다. 별거 없다. 내 인생이니 내가 살면 된다. 휘둘리지 말고 대충 열심히.

#인생이_뭐_별건가

너무 늦은 때란 없는 법이다

세상의 속도, 사람의 속도, 관계의 속도, 업무의 속도. 그 놈의 속도들. 우리는 참 속도에 시달리며 산다. 모든 것이 가속화되는 시대에 가끔 나는 이 속도에 숨이 가쁘다.

스마트폰 하나면 모든 것이 해결된다. 어떤 대화나 마주침 없이도 주문을 할 수 있고 업무도 가능하다. 나 또한 스마트폰으로 편리한 생활을 하고 있지만, 그래도 이런 변화에 질질 끌려가고 있는 쪽이 맞겠다. 작동법이 복잡하고 어려운 기기들이 늘어나고, 무인 시스템으로 인해 연세가 많으신 분들이 애를 먹는 걸 종종 목격할 수 있다. 그런 모습을 보면 이렇게 꼭 모든 게 빨리 변화할 필요가 있나 싶으면서도 먼 훗날 내 모습을 보는 것 같아 측은하고 불안하다.

발전과 발달의 편리를 처음으로 실감하게 된 건 고등학생 무렵이었다. 스마트폰이 처음 등장했다. 그 속엔 애플리케이션이라는 낯선 개념이 있었고, 카카오톡이라는 메신저앱이 있었다. 나는 수능이 끝난 후에 스마트폰을 구매했기에 다른 친구들보다 그 세계에 늦게 입문했다. 발 빠른 내 친구들이 단체 채팅방을 만들어 스마트폰 초보인 나를 초대했다. 컴퓨터 채팅이 익숙했던 탓에 처음엔 번번이 대화가 마무리되면 채팅방을 나갔다.

"이 채팅방은 안 나가도 돼. 기록이 다 남는 우리들만의 공간이야."

친구의 다정한 설명이 없었다면 나는 다시 또 '나가기' 버튼을 눌렀을 것이다. 하지만 시작이 반이라는 말이 있지 않나. 스마트폰의 등장과 더불어 유튜브가, 인스타그램과 페이스북이, 넷플릭스가 주목을 받기 시작했다. 예전에는 휴대폰에 지나치게 몰두하는 사람들(주로 학생들)에 대한 부정적 인식이 강했지만, 이제는 남녀노소 스마트폰을 자신의 분신처럼 여긴다. 어디를 가든 다들 고개를 숙이고 자신만의 네모난 세계에 몰두해 있다.

더불어 COVID-19의 등장. 만남이 어색해지고 타인을 불편하게 여기게 만드는 이 지독한 전염병으로 인해 '무인' 시스템이 한층 빠르게 우리 곁으로 왔다. 다들 전보다 더 SNS에 몰두했다. 가상 세계에 쏟아붓는 시간의 증가로 그 세계의 영향력도, 문제점도 커졌다. 그래도 역시…… 스마트폰은 참 재밌단 말이지. 하나에 빠져서 이것저것 보기 시작하면 시간이 어떻게 흐르는지 모르겠다.

사실 대학생 때까지만 해도 아날로그를 더 애정했다. 시간을 들이는 일에 가치를 느꼈다. 은행 업무는 꼭 직접 방문해서 해결해야 안심되었고, 편리보다는 내 손으로 스스로 처리하는 확실함을 신뢰했다. 영화 <A.I>를 지나치게 감명 깊게 본 탓에, 로봇을 너무 믿으면 안 된다는 괴이한 주장을 하면서 메신저 용도로만 스마트폰을 사용했다.

친구 따라 강남 간다고, 인스타그램 계정도 친구 따라 뒤늦게 만들었다. 친구들은 사진도 멋있게 잘 찍고 자신만의 공간도 멋스럽게 꾸몄지만 나에겐 그런 재주가 없었다. 싸이월드 시절에도 참 자신만의 공간을 센스 있게 잘 만들던 친구는 인스타그램에도 잘 적응했다. 부러운 마음이 없지는 않았다. 팔로워가 늘어났으면 좋겠다는 생각을 은연중에 하기도 했다. 그래도 역시, 나에겐 그런 미적인 감각이 없었다.

팔로워 모으기는 고사하기로 했다. 이제껏 해온 것처럼 나다운 걸 하자 싶었다. 남들이 사진을 올리는 것처럼 나는 스마트폰으로 그림을 그려서 올렸다. 해시태그의 개념에 대해서도 완전히 이해하지 못한 채였다. 소수의 내 친구들이 봐주기를 바라며 이야기를 하나둘 올리기 시작했다. 어찌 보면 운이 좋았다. 뒤늦게 알게 된 것인데, 당시엔 인스타그램에 만화를 그려 올리는 사람들이 많지 않았을뿐더러 특히 간호사나 의료인 만화는 손에 꼽을 정도였다고 한다.

이 세상 트렌드란 트렌드는 항상 비껴 나가며, 옆에서 알려줘야 "그런 게 있어?" 하며 어영부영 막차에 탑승했던 내가, 인스타그램에 만화를 그려 올리기 시작하면서 트렌드를 따라가는 사람이 되었다. 기대한 적도 없던 인기를 누리게 되었다. 어느 순간 사람들이 나에게 호응했고, 개인 계정에서 만화 계정을 따로 분리하는 단계를 거쳤다. 조금 더 진지한 자세로 그림을 그리기 시작한 순간이었다. 마음이라는 것이 그렇지 않나. 긴가민가하다가 따로 방 하나를 내줄 때, 그 방을 제대로 채우고 만들기 위해 더욱 진지해진다. 그때부터 욕심이 나기 시작했다. 휴대폰으로 그리던 그림을 조금 더 높은 퀄리티로 그리고 싶어진 것도 당연한 수순이었다.

다른 작가들이 궁금했다. 저 사람들은 어떻게, 어떤 장비를 사용해 그리지? 하는 궁금증이 일었다. 알아보니 대부분의 작가들이 'iPad'를 이용한다고 했다. 당시 나는 노트북과 핸드폰이 있는데 도대체 패드는 어디에 쓰냐며 왜 필요한지 이해조차 하지 못하던 입장이었다. 기계치인 나에게 새 상품을 사치였고 가격 또한 사악했기에 적당한 제품을 알아봐 중고로 구매했다.

큰 비용을 투자하지 않고 '적당히' 하던 나는 역시나 또 적당히 무료 애플리케이션으로 그림을 그렸다. 그렇게 적당히만 하는데 마음에 들 리가 없었다. 그림의 선이 성에 차지 않았고 미세한 터칭이 만족스럽지 않았다. 그럴 땐 또 남들에게로 눈을 돌려야 했다. (만족스럽지 못할 땐 혼자 애쓰지 말고 주위를 둘러보는 것이 도움이 된다.) 찾아보니 대부분 유료 애플리케이션을 사용해 그림을 그리고 있었다. '역시 돈이 최고군'이라는 생각과 함께 거금 n만 원을 투자하기로 했다. 결과는? 지금까지 뽕을 뽑고도 남을 만큼 잘 쓰고 있다. 물론 iPad는 그림 그리는 일을 제외하고는 거의 쓰지 않는다. 이용할 수 있는 편리한 기능이 참 많다고 하는데 내게는 먼 나라 이야기에 불과하다.

이러한 경험과 이 글이 남길 수 있는 교훈은 하나일 것이다. 나는 굉장히 느리고 둔한 사람이지만 아무 생각 없이 무언가를 시작하곤 한다. 늘 뒤처진 기분이 들고 실제로 그렇다고 해서 앞으로도 그럴 거라고 자신을 단정 짓지 않았으면 좋겠다. 낮은 퀄리티의 작품으로 시작했던 내가 이제는 전보다 나은 그림을 그릴 수 있게 된 것처럼 말이다. 모든 게 가속화된 시대에 나만 도태되는 것 같다고 해도 출발점은 도처에 있다. 그게 바로 꾸준함의 미학이다.

#달리기_1등_거북이

늦게 배운 도둑이 날 새는 줄 모른다

뭐? 한 달 구독료를 내면 영화, 드라마를 볼 수 있다고?
넷플릭스?
지금 케이블 채널에도 볼 게 엄청 많은데 그걸 굳이?
빨리 다음편! 다음편!
재밌다…
뚜둥—
엄마, 우리 디즈니도 구독하자.
그래.
에헤이… ㅉㅉ
그건 가격이… 이번에 '완다'시리즈…

?배달비를 따로 받는다고?
왜?
희한하네
죄다 뜯어먹는 사람들 뿐이네…
?어플을 이용해서 주문하라고?
전화하면 되지 않나?
오늘도 난 어플로 주문해서 배달비를 내면서 떡볶이를 시킨다.
떡…볶…이…
빠른 변화를 이해 못하지만 편하면 빠르게 수용해서 쓰고 있다ㅎㅎ
오호리…
정말 한 치 앞도 못 보네…
이번 생엔 돈 벌긴 글렀다.

겪어보지 않으면 모르는 것이 있다

첫 직장에서는 마음의 통증으로 퇴사를 결심했다. 3년을 넘게 근무한 두 번째 직장에서는 체력에 한계를 느끼게 되어 결국 퇴사를 결정했다. 만화를 그리며 간호사 일을 병행하기가 쉽지 않았고, 당시 병원이 준 스트레스도 컸다. 그림에 온전히 집중한 적이 없었기 때문에 이참에 한 번쯤 그림만 그려보면 어떨까 싶었다.

처음으로 나는 간호사라는 직업에서 떨어져 나왔다. 처음으로 내 하루를 그림 그리는 데에 모두 사용했다. 수입이 많지 않았으므로 분명 이런저런 고민과 한계도 있었다.

그런 날들 가운데 예상치 못한 난관에 봉착했다. 바로, 다른 사람들과 대화하는 시간이 일절 사라졌다는 것이다. 종일 집에만 있으니 가족을 제외하곤 소리 내 누군가와 대화할 일이 없었다.

점점 혼자가 되는 느낌. 그래, 고립. 나는 고립감을 느꼈다. 직장인으로 살 땐 직장인의 단점을 뼈저리게 느꼈으면서 프리랜서가 되니 프리랜서의 단점이 보이기 시작했다. 역시, 어떤 경우에도 단점이 없긴 힘들었다. 직접 부딪혀 보기 전에는 몰랐던 것을 그렇게 하나둘 알 수 있었다. 프리랜서는 내가 한 만큼, 내 능력만큼 수입이 생겼다. 업무의 시작과 끝이 정해져 있지 않기 때문에 리듬이 깨지기도 쉬웠다. 정해진 것이 없는 상황에서 자율성이나 자유로움을 느끼는 사람들도 있겠지만, 처음엔 자유로움이 불안했고 그림에 할애되는 시간도 한없이 늘어났다. 결정적으로 잠깐이라도 일을 안 하면 정말 돈이 없었다. 월급을 받는 직장인으로 일할 때는 연차를 쓰거나 휴가를 가도 큰 부담이 없었지만 프리랜서는 일한 만큼 버는 아주 정직한 업종이었다. 출근과 퇴근이 없으니 종일 일하고 있는 기분이 들기도 했다. 쉬고 있는데도 일하고 있는 기분이랄까. 로그인과 로그아웃 없이 일과 일상의 구분이 어려웠다. 프리랜서 초보자의 적응기였다.

적응이 되자 놀랍게도 업무 패턴도 익숙해지고, 전보다 금전 관련 스트레스도 줄어들었다. 좋아하는 일을 하고 있으니 수입이 불안정해도 전보다 피로감이 훨씬 적었다. 오히려 뭘 하면 좋을지 열심히 궁리하고 찾아다니며 다양한 아이디어를 떠올릴 수 있었다. 내일은 어떤 일을 할까? 라는 원초적이고 소중한 질문을 나에게 던졌다. 내일을 계획하는 일, 가까운 미래를 떠올리는 일이 행복했다. 내 삶을 내가 개척하는 기분이 들었다.

그러나 고립감은 무시하기 힘든 문제였다. 혼자 모든 걸 처리해야 하고, 혼자만 남겨진 상황에서는 중심을 잡기가 힘들었다. 정신이 아득해질 때가 종종 있었다. 결국 3년을 다니다 퇴사했던 두 번째 직장에 파트타이머로 다시 들어가기로 했다. 그렇게 스트레스를 주던 곳에 내 발로 다시 돌아가다니. 인생은 참 어떻게 될지 모른다니까.

#미우나_고우나

최선을 다하면 결과는 중요치 않다

오랜 친구와 커피를 마시는데, 친구가 문득 이렇게 말했다.

"공부가 전부는 아니야."

언제나 공부를 잘했던 친구였다. 그래서인지 나는 친구의 말에 조금 놀라버렸다. 친구는 사회에서 이런저런 경험을 쌓고 다양한 사람들을 만나 보며 '공부'나 '성적'에 대한 자신의 태도가 바뀌었다고 했다.

학생 때는 성적으로 인생이 판가름난다고 생각했다. 시험 등급에 따라 사회적 등급이 달라진다는 이야기를 지겨

울 정도로 자주 들었으니까. 행복은 성적순이 아니라는 익숙한 카피도 결국엔 행복을 성적순이라고 생각하는 사람들이 얼마나 사회에 만연했는지를 반증한다. 물론 아예 틀린 말이라곤 할 순 없지만, 그렇다고 완전히 맞는 말이라고도 할 수 없지 않나 싶다. '성공'의 기준은 사람마다 다른 것이며 누군가는 성적순 인생에 가치를 느낄 테고, 또 누군가는 그와 상반된 기준에서 자신의 가치를 찾을 것이다. 역시 성급한 일반화가 문제다.

나도 나름대로 주어진 영역 안에서 최선을 다했다. 그러나 그 대상이 꼭 학문은 아니었다. 다양한 것을 배우고 경험하며 생각하기 위해 노력했다. 그렇게 살아가면 (그것이 열심히든 그렇지 않든) 어떻게든 과정이 생기기 마련이니까. 과정이 생기고 쌓이다 보면 어느덧 본인의 영역과 시야가 넓어지는 법이다.

공부도 하나의 재능이다. 누군가는 공부를 잘할 것이고 누군가는 미술을, 누군가는 악기 연주를 잘할 것이다. 이렇게 개개인이 가진 재주와 성격이 모두 다른데 꼭 하나에만 매달릴 필요는 없다. 그 하나에 사로잡혀 절망하거나 자신을 모자란 존재로 여길 필요는 더더욱 없다.

그렇다고 해맑은 이야기만 할 생각은 없다. 헷갈릴 때는 무엇이든 (그것이 공부라도) 열심히 해보는 게 도움이 된다. 집중해서 원하는 단계에 도달해 보았을 때의 성취감은 다른 일을 해내는 데에도 분명한 원동력이 되기 때문이다. 그렇게 한 발자국씩 나와 우리의 커리어는 시작된다. 우리는 결국 인정받게 될 것이다.

연락하는 중고교 동창들이 많지는 않다. 그래도 건너 이야기를 들어보면 다들 각자 자신만의 삶을 잘 꾸려나가고 있구나 싶다. 누군가는 직장을 다니고 누군가는 창업을 했으며 또 누군가는 결혼을 하고 아이를 낳기도 했다. 성적과는 무관한 그 아이들의 삶이 저마다의 방식으로 이어지고 있는 것이 재밌고 신기하기만 하다. 뚜벅뚜벅 자신만의 속도로 모두가 걸어가고 있다.

노력이 끝은 아니다. 최선을 다하면 지치기 마련이다. 공부든 일이든 관계든 살림이든, 번아웃은 언제 어디서나 찾아온다. 그래도 열심히 해본 사람이라면 그 위기 또한 열심히 극복할 수 있을 거라고 믿는다. 한 번 해봤는데 두 번 못할 건 또 뭐야?

그러니 자신만의 불안을 품고 이 글을 읽는 이가 있다면 말해주고 싶다. 그런대로 괜찮다고. 포기든 도전이든 다 괜찮다고. 실패할까 두렵다면, 최선을 다해 실패하면 된다.

#내가_가는_길이_곧_정답이지

나만의 속도로

부업으로…
월급이…
대기업…
돈이…
집이…
이직…
주식으로…
재산이…
다들 왜 이리 행복하게 살지? 돈도 많고…
도대체 다들 돈이 어디서 난거지?
…에휴 난 간호사 일도 하고 죽어라 그림도 그리는데 뭐 대단한 돈을 번 것도 아니고…
다들 얼마나 열심히 살고있는 거야…
얼마나 더 열심히 해야 되는 거지?
난 열심히 사는거 같은데 아닌가? 더 해야 되나?
이제 다들 적당히 천천히 살았으면 좋겠다…

멋진 할머니가 되기로 했다

간호사로 일하면 노화의 과정과 순간을 선명히 목격할 수 있는 기회가 늘어난다. 시간이 우리에게 주는 것도 있듯이 앗아가는 것도 생기기 마련임을 제대로 인지하게 된다. 때론 나이 드는 게 서럽다. 몸이 늙고 회복이 더디며 아무리 쉬어도 피로가 쉽게 가시지 않는다. 그러나 역시 가장 서러운 것은 마음이 굳어가는 것이다.

마음에 생긴 굳은살이 때론 나에게 도움이 되기도 한다. 예전처럼 세상이 무너진 듯 상처받는 일이 자연스레 줄어들었으니. 하지만 그 무뎌짐은 기뻐할 일에 기뻐하지 못하고 슬퍼할 일에 슬퍼하지 못하며 화가 나야 할 일에 일말의 분노도 느끼지 못하는 무기력함과도 닮아 있다. 한때는 별것 아닌 일에도 배가 아플 만큼 웃고 내일이 기대되어 잠을 설칠 정도로 들뜨기도 했다. 받아들이는 예민함의 깊이와 영향력이 달라져서일까. 나이에 따라 격차가 생긴다. 과거의 내가 지금의 나를 이해하지 못하고 미래의 내가 지금의 나를 보며 혀를 찰 수도 있다. 나도 다른 나이의 나를 이해 못하는데 남을 이해할 수 있을 리가 없다. 이렇게 한국뿐만 아니라 어디서든 세대 간의 갈등이 심각한 수준으로 치닫고 있다.

나 또한 윗세대를 이해하지 못할 때가 많았다. 왜 이렇게 라테(나 땐 말이야)를 찾으시며 왜 이렇게 우리 세대의 노력을 무가치한 것으로 받아들일까. 선뜻 그들의 사고를 공감하기 어려웠다. 엄마의 말에 따르면 시대가 많이 바뀌었고 세상도 달라진 영향이라는데, 그것만으로는 납득이 가지 않는 지점이 많았다. 시간이 흐르고 세상이 바뀌고 있는데 과거에 머물며 과거의 것만을 좇을 필요가 있을까? 과거에 빠져 있으니 '꼰대' 소리를 듣게 된 건 아닐까?

기울어진 생각을 가지게 된 것도 결국 경험에서 비롯되었다. 병원에선 다양한 연령대의 사람들과 직업인들을 만날 수 있다. 많은 사람이 오가고 특히나 주가 되는 대상이 아픈 사람들인 만큼 병원엔 다양한 문제가 발생할 수밖에 없다. 연령대, 처지, 병원에 머무는 기간도 천차만별이다. 그리고 모든 직장이 그렇듯 직원은 사장(대표)에게 불만을 품는다. 다만 종종, 불만이 아니라 제대로 된 논의가 필요한 문제가 발생하였을 때도 '그럴 분이 아니다', '그분은 좋은 분이신데 요즘 사람들이 잘 모르고 이간질을 하는 것이다'라고 무조건적으로 비판하는 우리를 비난할 때가 있었다. 잠깐은 그런 말에 기분이 상하기도 했다. 더 나아지기 위한 노력을 왜 굳이 헐뜯는 것인가에 대한 의문이 생겨서였다.

또 다른 일은 내가 거주 중인 아파트에서 발생했다. 우리 아파트엔 리모델링 바람이 불고 있다. 지어진 지 10년이 넘은 아파트 단지 내에서, 새 아파트처럼 살아보자는 의견이 나오기 시작한 것이다. 변화에는 돈과 시간이 들기 마련이다. 이곳에서 오래 거주했고 또 오래 거주할 예정인 노인회에서는 반대를 하고 나섰다. 그 의견에 대해서는 충분히 이해한다. 표면적인 것만을 추구할 수는 없으니까. 덧붙여서 변화라는 것이 얼마나 부담스러운 일인지 나 또한 알고 있다. 다만 때론 그러한 의견을 정확히 전달할 수 있어야 한다.

노인회에서는 리모델링 반대로 의견을 모음과 동시에 외부와 대화 수단을 전부 차단했다. 그들의 의견을 듣고 나누고 싶어도 리모델링 협의회의 연락을 모두 피했다. 처음엔 그분들이 이런 이야기가 나온 것 자체에 화가 나서 그러는 건가 했으나 알고 보니 다른 이유가 존재했다. 대화를 하게 되면 세뇌나 현혹을 당할 것이고 본인들을 속여 불이익을 겪게 할 거라는 오해를 하고 있어서였다. 즉, 두려움에 연락을 피하고 있었다.

이런 오해는 얼마나 많은 경험에서 기인할까. 토론이나 토의, 대화와 협의에 관한 훈련과 교육을 받는 현세대와 달리 우리 윗세대에서는 그런 과정을 배우지 못했다. 변화에 대한 의지, 타인에 대한 신뢰는 어쩌면 살아가는 동안 뼈아픈 부작용을 낳았을지도 모른다. 그들은 얼마나 많은 불합리를 겪고, 믿었던 사람들로부터 배신을 당했을까.

처음엔 소통 자체를 피하는 노인회에게 나도 모르게 불편한 감정을 가졌다. 싫으면 싫다고 말하면 될 것을 왜 이렇게 일을 어렵게 만드나 싶어서. 그러나 조금만 그들의 입장에서 상황을 바라보려 하니, 그 회피의 시간마저 그들에겐 두려움이 되었을 수도 있겠다는 생각이 들었다. 경험은 인간에게 뿌리를 내려 오래도록 영향을 끼치는 것이니 말이다. 이제야 삶이 고요해졌다고 생각하는 노인들에게 리모델링이라는 변화는 어쩌면 공포로 다가왔을 수도 있겠다.

나이가 들며 마음이 연약해지고 생각이 연약해지고 그래서 고집이 늘고 주장이 세지는 것이란 생각이 들었다. 사회와 소통할 수 있는 창구가 줄어들고 (초고령화 사회에서 한시라도 빨리 해결되어야 할 문제이기도 하다) 가속화된 시대를 따라잡기엔 관절이 아파 낙오되기도 하니까.

불현듯 나도 내 미래가 걱정이 되기 시작했다. 나에겐 얼마나 많은 경험, 혹은 절망이 찾아올까? 그런 경험을 하고도 타인을 믿고 소통할 수 있는 어른으로 남을 수 있을까? 나보다 어린 사람들과 나와 의견이 다른 사람들의 관점을 이해하려고 노력하는 할머니가 될 수 있을까? 새로운 관념을 받아들이고 변화에 적응하려 노력하며 이기심이 아닌 이타심을 가진 사람으로 늙어갈 수 있을까? 그런 멋진 할머니가 될 수 있을까?

그래서 나는 노력하기로 했다. 멋진 할머니가 되기로 다짐했다. 타인의 말을 귀담아듣고 나와 의견이 다를 수 있음을 인정하기로 했다. 나와 다르다고 해서 그들이 틀린 것은 아니니까. 더 열심히 공부하고 나아갈 것이다. 시대를 읽을 줄 아는 할머니가 될 것이다. 순간적으로 나를 불편하게 하는 사람들이라고 해서 꼭꼭 숨어 회피하거나 피하지 않고 그들의 불편함을 이해해 보려 노력하기로 했다. 그러다 보면 유연해지지 않을까.

#라테는_말이야

#커피라테가_최고지

내가 변하면 사회가 변한다

근 몇 년 사이, '남녀 갈등'이 커다란 이슈가 되고 있다. 사실 갈등이라고는 부르지만 최종적으로는 정치인들 표 얻기를 위한 수단으로 이용되는 것 같다는 생각이 자주 든다. 그렇게 쉽게 이용되고 말 문제는 아닌데 말이지. 어찌되었건 현대인들의 성 감수성을 가만히 보고 있자면 확실히 내가 어렸을 때와는 많이 달라졌고 변화했음을 알 수 있다. 여전히 바뀌고 발전해야 하는 부분이 많지만 그래도 변화를 인식하는 것 자체로 살아가는 데에 꽤나 큰 힘이 된다.

그중에서도 개인적으로 눈에 보일 정도로 달라졌다고 생각하는 부분은 연예인들을 향한 시선이다. 여성 연예인들은 방송과 매체를 통해 끊임없이 희롱당하고 때론 신체를 평가당하기도 했다. 여성의 신체를 비하하거나 성적인 별명과 멸칭을 만들어 그들 앞에 붙이기도 했다. 또한 그들의 가치를 오로지 외모나 몸매로만 평가했다. 충분히 능력 있고 멋진 사람들이라도 여성 연예인에게만 '나이'로 흠을 잡곤 했다. 그래서 그런지, 어릴 적에 본 프로그램이 아직도 뇌리에 박혀 있다.

우리나라에서 모르는 사람이 있을까 싶을 정도로 유명한 최고의 여성 솔로 가수가 30살이 되었을 때였다. 당시 한 프로그램에서는 그에 관하여 시민들에게 질문을 하고 다녔다. "이분이 30살이 되었는데 어떻게 생각하시나요?"라고. 시민들은 뭐라 대답했냐고? 다들 예상했겠지만, "여자가 30살이 넘으면……"부터 "이젠 어린 여자 아이돌에게 밀릴 것 같아요"라는 대답까지. 아주 각양각색 가지가지였다. 그 말을 듣고 있던 당사자는 쭈그리고 앉아 엉엉 울었다. 무례하고 잔인하며 비상식적이기까지 한 프로그램이었다. 어린 내가 봐도 상당히 이상하게 느껴질 정도로. 보는 내가 얼마나 충격을 받았으면 아직까지 기억에

콕 박혀 있을까. (그리고 그 가수는 10년도 더 지난 지금까지 여전히 최고다.)

요즘 방송에서 그러면 (잘 그러지도 않지만) 큰 논란이 생긴다. 비판을 피할 수 없고 때로는 대서특필되기도 한다. 물론 현실과 방송은 분명 괴리가 있고, 현실에서는 불편한 분위기가 남아 있다. 그래도 나는 매체에서 사람을 대하는 태도가 현실에 적지 않은 영향력을 행사한다고 확신한다. 앞으로는 더 많이 바뀌지 않을까.

간호사 선배들의 이야기를 들어보면 예전에는 회식이 두려웠다고 한다. 의사와 강제로 블루스를 추곤 했다는데, 당시 사람들의 인식이 다 그래서 피할 수도 없었댄다. 그런 경험담을 들으면 숨길 수 없이 놀란다. 요즘에 그러면 큰일 난다고.

20년 뒤엔 얼마나 인식이 바뀌어 있을까. 기대되기도 하고 궁금하기도 하다. 어쩌면 상상도 못할 정도로 큰 변화를 맞았을 수도 있다. 그 무렵의 20대들이 이 사회를 이해하지 못하게 되는 날이 오기를 바란다.

#멀리서_보면_엄청날_변화를_위하여

꿈꿀 수 있어 이룰 수 있다

간호사로 일하며 그림을 그리기 시작한 지도 대략 4, 5년 정도가 되었다. 부족함이 많지만 많은 분들이 자신의 사연을 공유해 주고, 간호사라는 직업에 대한 생각을 공유해 준 덕분에 이렇게 '비자' 계정으로 활동을 이어나갈 수 있었다. 그림 그리기 외에도 다양한 경험을 하기도 했다. 그 중 가장 뜻깊고 인상에도 강렬히 남은 활동은 강연이었다.

처음 강연 의뢰가 왔을 때는 '내가?'라는 생각을 했다. 강연장의 객석에 앉아 있던 내가 무대 위로 올라갈 거라는 상상조차 해본 적이 없었다. 하지만 뭐든 저질러 놓고 보는 성격이라 용기를 내 강연을 해보기로 했다. 프리랜서의 슬픔 혹은 재미라 할 수 있지 않을까. 일단 닥치는 대로 해야 한다. 다시는 오지 않을 기회일 수도 있으며, 이 기회를 통해 성장하게 될 가능성도 있다. 어쩌면 아무 일도 일어나지 않을 수도 있고.

내가 하게 될 강연은 유튜버 겸 강사로 잘 알려진 김미경 님이 만든 온라인 대학 강연의 일부였다. 쉽게 요약하자면 특강이었다. 다행인 것은 강연이 녹화 형태였다는 것이다. 사람들 앞에서 즉석으로 진행해야 했다면 나 또한 의뢰를 쉽게 수락하기 힘들었을 것이며 어쩌면 끝내 반려하게 되었을 수도 있다. 학생 때도 발표만 하면 덜덜 떨었는데, 생판 모르는 사람들 앞에서 생애 첫 강연을 하라고? 상상만 해도 식은땀이 흐른다.

꽤 열심히 강연 준비를 했다. 낯선 작업이었기 때문에 더 공을 들이게 되었던 것 같다. 그래서일까. 시간이 내달리듯 흘러 금세 녹화 날에 당도해 있었다. 정신을 차렸을 땐 짐을 바리바리 싸서 천안(집)에서 서울로 향하는 중이었다. 백팩에는 녹화 때 신을 구두와 당이 떨어질 때를 대비한 사탕, 대본과 책이 들어 있었다. 평소 입지 않는 세미정장에 급히 준비하느라 머리는 산발, 운동화를 신고 열심히 기차 타고 지하철 타고 버스 타서 강연장으로 향했다.

그때까지만 해도 떨리기만 했지, 별다른 생각이 들진 않았다. 나는 30분 정도 강연을 하기로 되어 있었고, 그 후에 작가님과 일대일 인터뷰를 진행할 예정이었다. 강연장에 도착하니 대기실에 MC 역할을 맡은 작가님이 먼저 와서 질문을 정리하고 있었다. 도시에 사는 당당한 커리우먼이 풍기는 분위기에 괜스레 조금 위축되기도 했다. 시간적 여유가 생기자 작가님이 내가 운영 중인 비자 계정에 관해 다양하게 사전 질문을 했다. 내 그림 하나를 보고도 10가지를 이해하고 생각하는 깊이 있는 질문이었다. 미처 내가 생각하지 못한 부분마저 짚어주셔서 내심 크게 놀라버렸다. 그 상태로 녹화에 들어갔기에 나도 모르게 인터뷰 내내 주눅이 들었다. 열심히 준비한 강연인데 왜 이렇게 주눅이 들지? 나름 잘했다고 칭찬도 받았는데 왜 이렇게 자신이 초라하게 느껴지는 걸까?

진취적이고 영리한 여성이 만든 대학교 건물 안에서, 세련되고 깊이 있는 여성이 내 작품을 세세하게 읽어내는 동안 나는 아무것도 못한 것 같아 스스로가 미흡하게 느껴졌다. 무지한 사람이 된 기분이었다. 아마 작가님이 내가 선망하는 여성상과 일치해서 더 그랬던 것 같다. 긴장해서

똑 부러지게 대답도 못하는 내 모습도 마음에 안 들었지만, 고작 인스타그램 팔로워가 많다는 이유로 즐거워한 것만 같아 작게만 느껴졌다. 세상은 이렇게 넓고 또 깊은데 내가 너무 일면만 보고 자만했구나.

사랑해 마지않는 내 만화의 주인공 '비자'도 별로로 보였고, 내 만화도 마찬가지였다. 그냥 별거 없는 촌스러운 것으로 느껴져서 내가 그리고 다루는 내용의 방향이 이게 맞는 것인지에 대한 근본적 의문이 들었다. 강연을 진행하게 된다면 내가 다루는 콘텐츠에 자부심이 생기고 확신도 커질 줄 알았는데 오히려 그 반대였다. 그래도 포기는 하지 않았다. 이대로 포기하고 그림 그리기를 관둔다면 나는 '그때 그 촌스러웠던 사람'으로 기억되고 말 테니까. 그렇다면 방법은 하나. 더 고민하는 공부하는 수밖에. 결론이 거기까지 다다르자 순식간에 마음이 편안해졌다. 내가 설령 촌스러운 사람이라고 해도 적어도 발전하는 사람으로 기억되었으면 좋겠다. 내가 그랬듯이 누군가 나를 만났을 때 그 사람 참 멋지다라고 추억할 수 있는 사람이 될 수 있도록. 오늘도 내일도 그렇게 나는 멋져질 것이다.

멋진 사람과의 만남은 나를 살짝 시무룩하게 만들었고, 머지않아 도전 의식을 심어주었다. 수많은 멋진 여성들이 내 인생에 울림을 주었듯이 나 또한 그런 여성이 될 것이다. 그리고 그런 여성들이 더 우리 사회에 많이 노출되기를. 그렇게 꿈꾸는 사람들이 많아지기를 바란다.

사람들은 언제나 자신이 너무 늦었다고 생각한다. 이미 뒤처진 이상 돌이킬 수 없을 거라고. 하지만 나의 세계를 만들어내는 것은 오로지 나뿐이다. 누군가에겐 별 볼 일 없어 보여도 당신이 매일 노력해서 만들어낸 노력의 결실은 그 자체로 충분하다. 나 또한 내가 만든 세계가 그렇게 멋진 곳이기를 바란다. 때론 차갑게 때론 뜨겁게. 나는 성장 중이다. 시기는 상관 없다.

곰곰이 삶의 마디마디를 살펴보면 내 인생에 울림을 준 멋지고 당당한 여성들이 많았다. 그중에서도 유독 기억에 남았던 분은 내가 막 성인이 되었을 때 만나게 된 대학교 필수 교양 과목의 강사님이었다. 그분은 이렇게 말했다.

"열심히 살아요. 특히 여학생들, 당당하게 하고 싶은 일 마음껏 하며 살아요."

그분은 아직 어린 우리에게 지금껏 살아오며 느낀 바를 발표하라는 과제를 내주었고, 나는 어리숙하고 어색하게 "열심히 살면 목표가 없어도 뭐든 돼 있습니다"라고 발표

했다. 그분은 그런 내 발표를 칭찬함과 동시에 자신감을 심어주었다. 누군가의 믿음이 나에게 커다란 힘이자 계기가 된 순간이었다. 마지막 강의 때는 모든 학생과 악수를 나누며 작별 인사를 해주었다. 참 별나고 열정 넘치는 분이었기에 나는 수줍게 손을 맞잡았다. 그리고 교정기를 낀 입을 가리고 웃었는데 단호하고 호쾌하게 말하는 것이다.

"자신감 있게 웃어요. 이를 보이고 당당히 활짝 웃어요."

왜인지 모르겠지만 그 말이 내게 오래 남았다. 적당히 교양 과목을 가르쳐도 될 일인데, 이제 막 성인이 된 학생들에게 최선을 다해 가르침을 주었다는 것을 간호사가 된 후에야 알게 되었다. 어떻게 살아가면 좋을지에 대한 마음가짐을 알려주는 사람은 만나게 될 확률은 희박하다는 사실도 함께.

열정 또한 체력이었다. 나이가 들면 자연스레 사그라드는 체력. 그 체력을 기르기 위해 최선을 다할 것이다. 이 세상에 쓸모없는 도전은 없다. 어떤 도전이든 가르침을 남긴다. 부딪히고 배우고 실패하며 결국 성장할 것이니 나와 당신이 도약할 수 있기를 바란다.

#꿈★은_이루어진다

촌닭 기록

여기가 녹화하는 스튜디오구나~
긴장-
안녕하세요~
네-
편하게 강연해 주세요
너무 떨린다
질문 할 건데 편하게 답하시면 돼요~
네
오.. 정말 똑똑하다ㅎㅎ
작가님은~ 이 걸보면~ 방금 하신 말씀은-
아~네~ 맞아요~
내가 하는 답변이… 되게 멍청해 보이겠지?
나 지금 말을 너무 못하는데? 멋진 대답도 못하고…
똑똑이들 사이에 있으니 내가 너무 작아보인다…

갑자기 촌닭이 된 거 같어
그래서 내가 멋진 도시여성 사이에서 촌닭이 된 느낌이었어.
그 사람들은 뭐 첨부터 도시여자였냐? 다 촌닭에서 시작하는 거야.
쿨-
경험이지 경험~ 젊을 때 그런 사람들 만나는 게 좋은 경험이야.
너가 부럽다- 대단해-
촌닭된 그날이 헛되지 않게 더 노력해야 겠다.
울어라- 촌닭아-

간호사라는 직업을 가지게 되었을 때도 나는 딱히 내 미래를 생각하지 않았다. 그저 '계속 이 일을 하게 되겠지' 싶었다. 고민하지 않았기 때문에 다른 길이 있다는 사실조차 고려하지 않았다. 고작 20대 초중반의 나이였는데도 어쩜 그렇게 고리타분했는지, 지금의 나로서는 놀라울 정도다. 그러니 나는 내 삶이 이렇게 우연한 기회로 바뀔 수 있다는 사실을 전혀 알지 못했다. 단순한 호기심으로 시작한 그림이 나의 삶을 다른 방향으로 이끌 수 있다는 사실을 예상조차 하지 못했다.

다른 사람들은 어떻게 사나 싶지만, 나는 이상하리만큼 목표가 없었다. 딱히 뭔가 되고 싶다거나 이루고 싶다거나 꼭 해야만 하는 것들이 없었다. 당시 여학생들 사이에서 인기가 많았던 간호학과에 진학하게 된 것도 어찌 보면 우연이었다.

꿈이나 목표가 있으면 많은 것이 어려워진다. 원하는 게 생기고 포기할 수 없는 게 반드시 생길 테니까. 나는 그렇지 않았다. 그저 하나만 명심해도 되었다.

주어진 일을 열심히 하자. 잘하지 못해도 상관없다.

어찌어찌 공부하고 어찌어찌 일을 했으며 어찌어찌 그림을 그렸다. 나는 참 어떻게나 저떻게나 그저 그랬던 것 같은데 어느 날엔가는 인터뷰를 하고 강연을 했다. 이게 무슨 일이람? 흘러가는 대로 살면서도 멈추지 않았더니 어느덧 나는 내 예상보다 더 먼 곳까지 당도해 있었다. 이제는 책까지 써서 내 이야기를 독자 앞에서 하게 되었다. 모든 독자가 이 책에 공감을 표할 수는 없을 테고 와닿지 않아할 수도 있을 것이다. 그래도 단 한 명이라도 내 글을 보며 고개를 끄덕이고 위로를 받았다면, 나는 이 책이 나름의 성공을 이룬 것이라고 생각한다.

책을 쓴다는 일은 나를 낯설게 바라보게 만든다. 이렇게 자신을 오랜 시간 꼼꼼히 들여다보고 곱씹은 적도 없었다. 누군가 읽어주기를 바라며 쓴 책이었건만 결과적으로 이 책이 나를 위로해 주었다. 나를 돌아보고 반성하며 소홀했던 마음을 다잡고 때로는 잘 이겨냈다고 칭찬해 주었다. 한 문장을 써낼 때마다 내 글의 모자람을 단어마다 느꼈다. 글이란 참으로 쓸수록 부끄러워지는 거구나. 그런 시간이었다. 이 또한 이제껏 해온 듯 열심히 하면 지나갈 여정이려나? 이 책이 나에겐 헛된 시간이 아니었다. 당신에게도 그랬기를 간절히 바란다.

내 마음은 누가 간호해 주나요

초판 1쇄 2022년 7월 15일

지은이 최원진

발행인 유철상
편집장 홍은선
기획·편집 정유진
디자인 주인지, 노세희
마케팅 조종삼, 윤소담
콘텐츠 강한나

펴낸곳 상상출판
출판등록 2009년 9월 22일(제305-2010-02호)
주소 서울특별시 성동구 뚝섬로17가길 48, 성수에이원센터 1205호(성수동2가)
전화 02-963-9891(편집), 070-7727-6853(마케팅)
팩스 02-963-9892
전자우편 sangsang9892@gmail.com
홈페이지 www.esangsang.co.kr
블로그 blog.naver.com/sangsang_pub
인쇄 다라니
종이 ㈜월드페이퍼

ISBN 979-11-6782-084-6 (03810)